福永武彦とその時代

渡邊一民

みすず書房

目次

序章　一九四七年夏　5
Ⅰ　『風土』　39
Ⅱ　歌のわかれ　85
Ⅲ　小説の冒険　139
Ⅳ　『告別』　187
解説　歴史の暗部とロマネスク　宇野邦一　243
編集付記　259

福永武彦とその時代

序章　一九四七年夏

1

いささか私事めいたことから、わたしはこの文章をはじめたいと思う。

顧みれば、現代小説を理解するうえで一九四七年夏は、わたしにとって決定的な意味をもつ季節だったと言っていい。

むろんまだ十五、六歳の経験浅い文学少年が、いかに本好きであったにせよ、それほどひろく小説を知っているはずもなかった。けれども二年まえ、それまで権威づけられていたすべてが敗戦の現実をまえに価値を転倒させられる一方、わたしたちの想像もしなかった海外の文学作品の紹介や翻訳がつぎつぎとあらわれるのを眼にして、本能的に新しい何かを嗅ぎつける能力だけは身につけていたと思う。そしてわたし個人の体験に即していえば、まったく新しい小説がわたしのまえに一気に花開いたのは、一九四七年夏だったといってさしつかえなかろう。

ここではそうしたなかでもわたしにもっとも深い衝撃をあたえた、一九四七年夏わたしの読んだ三つの小説について語ることからはじめたいと思う。一九四七年八月の『展望』に発表された中村眞一郎の「妖婆」、四七年六月から八月にかけて『近代文学』に連載された野間宏の「華やかな色どり」、時期的にいささか例外となるが、すでに一年まえ雑誌『高原』第一輯を飾っていてやっとこのころわたしの手に入った福永武彦の「塔」の三篇である。

2

「妖婆」は、ひとりの女性の時代をこえた四つの姿を、歴史の終焉とかさなりあう敗戦直前の時代のなかに描きだした幻想小説である。

その女性が話者である「私」のまえに姿をあらわしたのは、停年直前急逝した江戸時代史の大家U博士の著作集編集の件で、命ぜられた「私」が、山の手の大樹にかこまれた大邸宅の応接間に、先生と同姓の遺族U子爵に導かれてはいっていったときのことである。きたるべき東京空襲にそなえて蓆でおおった疎開荷物が乱雑につみあげられた部屋の片隅で、高い鼻筋の気品のある老婆が、「彼女だけの持つ永遠の時の退屈さに挑戦」するかのように、ひとりで古風なトランプに熱中していた。いかにも超然としているその存在に気をのまれた「私」に気づいた子爵が、「叔母さん、こちらは××さん」と紹介しても老婆はまったく無関心であった。だが、「亡くなられたU博士のお弟子の、若い歴史家」と一言つけ加えると、老婦人の顔には「一条の明りが射しこんだ」。もっとも、その「一瞬の生気」の恢復もたちまち消滅したのだったが。子爵が、「そろそろアメリカも、本当に空襲するかも知れませんな」と言ってから、叔母はいくらすすめても疎開に同意せず、おかげで自分もここを引き揚げられないとこぼした。

二度目はそれから数ヵ月経って、本格的空襲が東京でもはじまり、「私」は雪の山小屋にこもってひとりU博士の資料を整理し浄書していた。そんな「私」のところへ、一月まえの日づけの消印の手紙が舞いこんだ。土蔵から博士が洋行直前に自分に託した古いノートが見つかったから、貴重なものゆえみずから取りにきてほしいとある。静かな山暮らしで危険から逃れている自分のように、良心にたいする悔恨めいたものを覚えているものにとって、これこそ恰好の口実だった。「私」は翌朝の出発を決意した。けれども東京へつきU子爵邸へかけつけると、「皆さまは御一緒に昨日、故郷《くに》にお帰りになりました。殿様も皆様をお送りして」と甲斐がいしい服装で立った女中は報告をすると、もし「私」が訪れたらおわたしするよう言いつかっているといって、大きなハトロンの封筒を「私」にさしだした。「私」は辞去して邸のまえの砂利道に立ちどまり、「恐らくもう一度此処へ立ち戻るといふことはないだらう」と振りかえると、「最近コールタールで荒々しい迷彩をほどこした、その三階の露台に、放置してある熱帯植物の背の高い、鉢植の間に、ロッキング・チェアに長ながと身体を延した一人の老婆の姿」を認めた。「そして遠くからもはつきりと見分けられる、高く鋭い鼻筋の上に、細目に見開かれた両眼は、既に焼け野原となり始めてゐた、遥かな下町の方向を、うつろに眺めた儘、動かなかつた。」「私」は思わず考えこんだ。「長い歴史の時間を掛けて、純化され続けて来た、古い貴族的な血は、荒々しい悲惨な時代の終焉の中に、静かな諦めを以て沈んで行かうとしてゐるのか」と。

混雑する駅頭であわただしく拡げたU博士のノートのあたまには、亡父の手にひかれて御本家の園遊会につれていかれた六歳のとき、築山の緋毛氈にすわって寿司を頂戴していた「わたくし」のまえに、お姫様が先代の子爵とともにあらわれたと書きだされている。姫は思いがけなく「わたくし」の頭のうえに手をおかれる。「その瞬間が、わたくしの生涯のコースを決定した、と申しても過言ではない。……」母を早く亡くしていた「わたくし」は、園遊会から帰って以後、「雑誌の口絵にある泰西名画の複写や、玩具箱の中の西洋の絵葉書や、又、洋菓子の箱に貼つてある商標にまでも、あの唯一度会っただけの、洋装の令嬢を見出」すこととなる。「大名の姫君が西洋風の衣裳で、生きてわたくしの面前に立ち、タブラ・ラアサの幼いわたくしの脳の上に、暖かい掌を載せた時、わたくしは、その暖かい血の根元にまで、歴史の中を遡つて辿つて行かうと云ふ衝動と、その軽快な天使的な身振りの源である西洋へ、海を越えて訪づれて行かうと云ふ願望とを、秘かに植ゑつけられたのであらう。」「わたくしのその二つの願ひ、時間的と空間的との二つの冒険は、幼いわたくしの憧れの中で、このやうにして本来、一つの根から発したものであつたが故に、それが一人の女性の姿に具現されて、生長し続けたのは当然のことであつた。」本家に忠節な亡父もまた「わたくし」の情熱に、「家系に対する遺伝的な誇りの恢りを感じ、喜んで様々の便宜を計つてくれた」。

もっとも「わたくし」が令嬢を見かけることなど滅多になく、洋装した令嬢は「彼女の周りに超自然的な輪光が拡って行く」存在にほかならなかった。「然し遂に、わたくしの少年の夢の終る日が来た。それは彼の人の結婚が決定し、親戚一同にその旨が披露された時であつた。」「然し喜びの日を真近にひかへてゐるにも拘はらず、彼の人の瘦白な顔は、冷い孤独の色に閉されてゐた。」

こうしてノートなかばで先生の少年時代がおわる。

吹雪のなかをやっとの思いで帰りついた山小屋で「私」は、赤々と燃えたつストーヴのまえで最後の数ページを拡げた。そこには二十七年間の修業時代の記録がこれでおわると記されたあと、いまはじめてこのノート執筆の自分のひそかな動機に気づいたように思うと書き加えられている。だからこれを翌朝洋行のため船の出る埠頭でH君に手わたすことを決意した。H君は勉強相手として数年まえからそのため「わたくし」が邸に出入している令嬢の弟だが、このノートを「彼の人」にわたしてくれるか否かを、そのH君の一存に賭けることにしたわけだ。「わたくし」は「彼の人」のなかに、「その生の爪痕を残したく願つてゐるのであらう」。「今年の五月三日のわたくしの誕生日」、H君の勉強部屋で意外にも「彼の人」の後ろ姿を認めた。「私」があらわれると、「脅かされたやうに向き直ったその婦人は、辱められたやうに頬を染め」「殆んど腹立たしげに立上ると」部屋を出ていった。その晩「私」は、「彼の人」が離婚してじつは実家に帰っていることをはじめて父の口から聞いた。その父の突然の死去ののち、葬儀に際しての配慮への礼のため「わたくし」は子爵家を訪れた。ところが「彼の人」が「わたくし」に見せたのは、「人の同情を撥ねかへすやうな、人の心を凍らすやうな冷たい瞳」にほかならなかった。「わたくし」はそれから数日、「彼の人の虚脱した後姿と、冷たい眼付」の真の理由を知りたいという執念にとりつかれ、煩悶のあまり人にも会わなかった。ところがかねて大学に願い出ていた海外留学の許可が不意におりて、「わたくし」は別れの挨拶を口実に、ぜひ「彼の人」に会いたいむね強引にH君にたのみこみ、その機会を得た。「わたくし」のまえで婦人は、「蒼白な顔を上げると、長い睫毛の下から険しい視線」を「わたくし」に集中し、「何事かを言はうとして、下唇を微かに顫はせる。秀でた額が、紅潮」した。しかし急に眼のまえの卓に向きなおると、「わたくし」を見ることもなく、唯一言、押し出したような声で「おめでたうございます」と言うなり、それまでつづけていたトランプをふたたび取りあげたのだった。

「その時、わたくしは何物かが、心の中に音立てゝ崩れるのを感じた。……」


ノートを読みおえると、コーヒーを入れて窓のそとに眼をさまよわせた。

「私は仄暗い部屋の中で、何十年か前の流行の服を着た、何処となくU子爵と似たところのある美しい婦人が、鋭く隆い鼻筋を示す、憂ひに満ちた横顔をこちらに向けながら、柔かな指先で、一枚づつトランプを並べてゐる様を想像した。」けれどもその姿はすぐ消えた。コーヒーの香りのなかに顔を埋めて「私」は眼を閉じた。「瞼の裏の意地悪い老婆の姿は、次第に威厳のある表情に変り、〔…〕細めに開いたその眼は、静かな諦めに満ちて、遠い下界を見渡してゐる。固く閉ぢられた唇は、凡ての欲望を封じ終へて、たゞ平和な終焉を待つてゐるもののやうに。」

然し、その瞼は再び少しづつ開かれ始めた。次第に延びて行く皺の間から、往年の美貌が影のやうに浮上つて来ると、瑞々しい色を湛へて来た唇は、今一度、遥かに虚空に向つて、内心の歎きを投げかけようとするかに思はれる。

その時、微かな警報がまた新しい遠くの町の破壊を予告しながら、雪に覆はれた谷から谷へ谺のやうに断続して、立昇り始めた。

U博士のノートに描きだされるひとりの姫君と、「私」が現実に二度かいま見た老婦人の姿が、いま雪におおわれた谷間にこだまする警報のサイレンのひびきのなかで、歴史そのものを象徴するかのような不気味な幻の「妖婆」となって、「私」のまえに立ちあがる。そして明治の貴族社会の特異な雰囲気が、迫りくる敗戦という抜きさしならぬ滅亡を背景に、このあやしげな「妖婆」を浮き彫りにしていくのにほかならない。特異な戦争小説と言えるだろう。

3

開幕ベルの鳴る直前の白い扇子がいっせいにひらめく、近代的大ホールの内部の全景を冒頭におく「華やかな色どり」は、つづいていま中央のドアから入ってくる主人公矢花正行をこう紹介するのだ。「もし此の時一条の明りが闇の中にさして彼の顔を浮び上らせたとすれば、人々は彼の長形の顔の上に鮮かに印された苦しげな冷笑を認めることが出来たであらう。そしてさらにその光が、彼の心の底まで突入つて照し出すことが出来たとすれば、彼がここへ来る道々、かなり長い間、今夜の舞踊会に出演する筈の一人の踊り子に対する彼の慾望に烈しく抵抗しながらも、遂に彼の意志がこの慾望の強さに破れ去つた、みじめな闘ひの名残り、いまも尚彼の脳壁にぴつたり附いてゐる一人の女の肢体や、彼の嗅覚を揺り動かさうとする或る特別な女の器関の匂ひや、彼女に対する憎しみや恐れや怒りなどの交りあつた心のけいれんを、そこにはつきりと描き出したことであらう。」

舞台右手に「太陽礼讃　大道陽子」という演目が出ている。いまや急激なシンバルの一撃とともに照明燈の白い光が観客の頭上をよこぎり、幕があがる。舞台には青い海が霞むように拡がり、右手の正午の白日の光に輝く砂丘にはるかにつづく砂浜が、「焼けるやうな熱を湛へて舞台の手前迄のびてゐる」。その砂丘の傾斜が「水打際に落ち込む辺りに、熱い太陽の光を存分にあびて一人の女の媚めかしく日に焦げた体が純白の布につつまれ寝転んでゐる」。その肉体は、強い浪の打ち寄せる響きがピアノから聞こえてくると、高くかかげていた右足の爪先でさっと空中にまるい円を描き、繰り出すような両手が、五本の指をひろげて大きな掌を海のほうにさし出し、女は舞台の右奥に進みより、「太陽の光りを存分に受容する生命」の美しいポーズが、帯状にさしこむ照明のあかりのなかに、くっきりと浮かんできた。

踊り手はいまは矢花正行のなかで現実の大道陽子とかわり、「彼の情慾が体内に充ち渡つて行く熱い苦しい充実感が、体のすみずみ迄拡がつて行くのを感じた」。「併し彼はすぐに自分の内に強い意志力を呼び集めて自分自身を制禦した。そして自分の体内を駆け去る情慾の烈しい戦きに抗ひながら、舞台の上の踊り子の展げる舞踏の姿を追うて行つた。」その美しい舞踊の形は、つくられたと思うとただちに消え去り、つぎつぎかわる踊りの形象が彼の頭脳の奥で展開する「彼の過去、彼の不幸な過去、大道陽子の肉体に関する彼の不幸な過去」となって、ひじょうな速度でかすめ通るのを見守っていた。「この体、これが俺の何よりも求めてゐるものなのだ」と彼の心は叫びながら、「どうおつしやらうと、あたし、もう、あなたを愛することは出来ないと思ひます」と断言した、一年まえの彼女の最後の手紙が思い出されてくる。その彼女が、「どうして自分を今日の舞踊会に招待したりしたのだらうか」。ふたたび意識をむけた舞台のうえの女は、いまはメーキャップをほどこされてまったく別人のように見えた。場内の右隅あたりから拍手がおこり、しばらくつづいた。「彼の加はらない満場の拍手を浴びて、誇らかに勝利の喜びに酔うてゐるやうに思へる大道陽子に対する烈しい憎悪が彼の上に襲ひかかつてきた。」

幕がおりると矢花正行は雑踏する廊下を二、三回往復した。招待状にはぜひ伝えたいことがあるから受付に申し出てくれとあったにもかかわらず、矢花は受付を通りすぎ長椅子のはしにすわって煙草に火をつけた。京都に何かあったのだろうかと気がかりにはなったものの、そのため陽子とのふたりの関係のもつれを解くつもりなどなかった。しかし、「正行さん、やはりここにいらしたのね」と明るい声がして、「純白のぴつたり身についたドレスを電燈の光にひらめかすやうに揺りながら」、真白なハイヒールで人混みのなかを大道陽子が近づいてきた。きていただけるかとずっと気にしていたと、まわりの人たちの存在を無視してひとしきりしゃべり立ててから、陽子は自分の昂奮を抑えるかのように、急にあらたまった口調で挨拶し家族の消息を訊ねた。「彼女が如何にしむけても彼の心が何か堅い楯のやうなものを前に構へて彼女の侵入を防がうとしてゐるのをはつきり彼女は感じ取つてゐながら、それに気づいてゐることを彼に知らすまいとして彼女が振舞つてゐることは明らかであつた。」人混みを避けバルコンに出ようとしたところで、ふたりはやっとすわる場所を見つけた。だが陽子はふたたび双方の家族のことに話題を転じ、肝腎なことは何ひとつ口にしない。そのとき薄桃色のワンピースをつけた四人の少女が近づいてくると、お姉様のお荷物はすっかり出来あがりましたと報告してから、会のあとの座談会にはかならず出席してくださいという伝言をつたえた。陽子はお客さまだからと四人を立ち去らせた。そのとき開幕のベルがひびき、人々が立ちあがると、陽子は「御覧になる?」と訊ねたあと、自分はもう見る必要がないからと言った。こうしてふたりは急に人気のなくなったロビーに取り残された。

「正行さん」と、いくらか感動のこもった声で陽子が呼んだ。そして眼をのぞきこむような低い声で、「正行さん、京都のことまだ御存知ぢやないんでせう?」と訊ねた。「少しは解つてゐますが」と、心の動揺を押し殺すように正行がこたえた。いまは彼女の声の響きも言葉遣いもかわった。自分でじかに知らせなければならないと思ってこうした手段をとったのだ。このまえ京都の公演に沢西さんがあらわれて、自分は大阪へ行けそうもないから、ぜひことづけてほしいと、大石さんの弟の検挙のことを話した。自分が動きまわらずにどうやって大阪に知らせようかと思い悩んでいたところ、陽子の踊りのポスターを見たという。大石の弟は脊髄カリエスでテロに堪えることは不可能だった。むろん矢花には当面なすべき手紙と書類の整理、大阪の友人たちに知らせることなどが頭に浮かんだ。

そとに出て涼しい風に打たれたいという陽子にしたがってバルコンに出た。彼は、「眼を彼女の顔の上に据ゑたまま彼女の方に静かに近寄つて行つた」。「と、仰向いて空を見つめてゐた彼女の顔がつと下されて彼の方に向けられた。そしてしばらくの間彼女の眼が透きとほるやうな闇の中で彼の顔をさぐるやうに見てゐたが、彼女の方をむさぼるやうに眺めてゐる彼の二つの眼をさがし出すと、彼女のその顔が、彼の顔の前でほのぐらい空気をかすかに揺り動かすやうににつこり微笑んで、そこから彼女の眼をやはらかく彼の眼に返して寄こした。」

「あたし、何だか心配なのよ」と陽子が言う。そして思い切ったように、「正行さん、いまもやはり以前と同じやうに京都の方達と関係をお持ちなんぢやあなくつて?」ときいた。「ええ、それは持つてゐます」と矢花が曖昧にこたえ、「でも、それほど深い関係といふのでもないのですよ」と弁解した。「おかくしになるのね」と、彼女は意外なほど優しい声で言った。「正行さんのお考へ、以前とお変りになりません?」という質問に、正行は話を他に逸らそうとしたが、いまは覚悟したように陽子が一語一語をはっきりと発音するように言った。「正行さん、きつとあたしを憎んでおいででせうね。」憎むのは当然ではないかと考えながら、「僕は別にもう何とも思つてはゐませんが」と、正行がこたえた。別れようとしても彼のほうで執着を捨てきれずにいた苦しい屈辱の日々が思い出された。「あたし正行さんにはどんなに悪く思はれようと、仕方ありませんわ」と、陽子は左手で鉄の手摺りを握りしめながら、慄えを含んだ声で言った。「でもあたし達の間にはずい分、誤解があつたんぢやあありません?〔…〕あたしもあなたにお別れをしてから随分苦しみましたの。〔…〕あたしの取つた態度があなたをどんなにお苦しめしたか、やつとわかつてきましたの。あたしそれがつらくて、このあたしの気持をいつかお伝へしてちつとでも御気持をといて頂かうと思ひながら、あたしにはもうその資格がないんだと自分に言ひきかせて、今日になつてしまつたんですわ。」この陽子の大胆な告白に、「彼の心はまるで長い間待つてゐた言葉を、彼女の口から引き出したかのやうに満ちふくれてきた」。「あなたのその気持は有難いですが」と正行がつぶやくと、「昨夜なんかも、はたして今日お会ひしてあたしのこの気持をお伝へできる機会があるかどうか、お会ひしても、又、お互ひが気持をもつらせたまま、お別れしてしまふんではないかと考へてゐましたの。〔…〕でも、解つて頂けて、ほんとによかつたと思ひますわ」と、彼女はその笑いのなかになお苦しげなものを残しながら話を切った。

陽子が向こうへいってみようと、バルコンの東のほうを指し、ふたりは東端のコンクリートの仕切りのところで、肩をならべて立ち止まった。「かうして無理強ひのやうに身をよせ合つて、一体何だといふのだらうか」と彼は気づき、静かに体をはなし、あなたも用があるらしいし、もう帰りましょうと促した。すると彼女はあと五分だけと言って、正行がいま市役所の一係員として従事している厚生事業のこと、かねて陽子の嫌っていた貧民街の部落民の仕事のことなどを訊ねてから、矢花に黙礼するとバルコンの入口のほうへ去っていった。

「彼は自分の後に静かな夜の空気の中を冴えるやうにこつこつ響いてくる陽子の靴音をきいてゐた。と彼は彼の体の深い底の方から、その陽子の強い靴の音の方へ、何か異常な烈しい力をもつて、迸り出ようとするものがあるのを感じた。〔…〕向ふのバルコンの西端に達した陽子の闇をとほしてほのかに見える白いドレスの姿が、青く冴える月の光を背景として彼の暗い視野の中にはいつてきた。〔…〕彼女の白い顔が白い裸の肩の上にあらはれこちらを向いて、じつとつつ立つてゐる。〔…〕それが、鮮やかな、陰影のある顔の上に、表情の大きい微笑をうかべてにつこりすると、かるく頭をさげて、さよならをし、つと体を廻すと、右手のバルコンの入口に姿をけした。彼は彼の眼の中にきらめくやうにのこつた彼女の映像を眼の中にもつたまま、しばらく、そこに立ちつくしてゐた。」

むろん「華やかな色どり」が、完成までにその後二十四年を費やした大長篇『青年の環』の第一章であることは言うまでもない。しかも雑誌第二回掲載分になって、やっと「長篇　青年の環　Ⅱ」という記載を文末につけたが、一九四七年夏のこの作品の読者には、これがそのような超大作に発展することなど知るよしもなかった。にもかかわらず、前半に戦前一九三九年前後の華やかなバレー公演の舞台をおき、そのあとにおなじホールのロビーとバルコンでの、バレリーナとひとりの青年とのあいだの会話をならべ、埋もれ火のように残っていた戦前戦後の反戦運動の動向と、戦前末期の上流ブルジョア社会の雰囲気とを巧みに組みあわせて、一時代の知識人世界をとらえようとした、この新人作家の構想と筆力には一驚せざるをえまい。そしてここでも、戦前日本の時代への危機意識を抱く青年の内面世界が、これまでの日本の小説とは異質な、じつに緻密な西欧小説の手法で描かれているのである。

4

「塔」はあきらかに『伝道の書』やギリシャ神話を参照としているとはいえ、ここでは歴史も場所も超越したひとつの寓話的世界が、古典的ひびきをもつ精選された日本語でじつに簡潔に描きだされている、きわめて散文詩的性格のつよい作品だと言わなければならない。

「塔」は、塔の階《きざはし》の途中で「僕」が急に両脚の支えを失い、持っていた七つの銀の鍵束を奈落の底に落とすところからはじまる。それこそ「眼に見えぬ手、**恐怖**」によって奪いさられたものだと、僕は「打拉がれた感情」をもって塔の底を覗きこんだ。

「僕は塔の中にゐた。塔は一つの記憶だつた。」塔は螺旋階段の周囲に七つの部屋をもち、「僕」は金の環でつながった銀の鍵をもって七つの部屋を自在にめぐった。「ただ恐怖は常に階で起った。階とは一つの可能に至る道程だった。一つの決着に至る逡巡だつた。」「僕」は森閑とした塔の中程で喪われた鍵束の方向をいつまでもみつめていた。「僕」は七つの鍵すべてを用いれば、それを「与へた**者**」の意図するところをさとることができると思っていたが、いまは塔の遍歴を終えねばならない。

「その時一つの啓示のやうに、**生**、——僕の過ぎて来た生の記憶が明かに甦つた。」

「塔、それは浄福に充ちた僕のArcadia《アルカジア》を喚びさます唯一の呪文だつた。僕は幼年の日々を、いつも塔の見える曠野に遊んだ。併しこの曠野が果して大きな城の中庭であつたのか、また僕が此所になかつた時間を何所で、如何にして過してゐたのか、それ等はすべて僕の記憶から喪はれた。僕はただ、茫洋とした草原の間に、孤独な老樹のやうに風に抗つて聳えてゐた古びた塔を知るばかりだ。〔…〕僕が既に記憶の中で、一人一人の顔をそれと区別して思ひ起すことの出来ない子供たちが、幾人も僕と共に遊んでゐた。子供たちは手を繫いで丸く輪をつくり、一人が小さな両手で眼を覆つて輪の中にしやがんでゐた。廻りを囲む子供たちはゆるやかに環《めぐ》りながら合唱した。

眠れ眠れ輪の中で
金の小蜂野をめぐり
風は軽く草をゆり
草に花は開くまで
……………」

こうした子供たちのあいだで、「僕」は彼を識ったのだった。ふたりは草のなかに寝転んではとりとめもない空想を語りあった。

ある日、「僕」がひとり草の原で寝転んで眠りかけたとき、どこからともなくひらひらと飛んできた一羽の蝶は、「僕が嘗て見たこともない程に大きく、透明な翅は虹のやうに燃えてゐた」。蝶の羽のあまりの美しさに魅せられた「僕」は蝶を追い、荒れはてた塔の壁の側まできて、ついに蝶をつかんだと思った。けれども「僕」が手にしたのは、「金の鐶に繋がれた七つの小さな銀の鍵」だった。それこそ塔の謎を解く鍵だと、「僕」は鍵と鍵とが触れあう金属の細い音を聞いてさとった。「恐らく塔の中には七つの部屋があるのだらう。七つの部屋に凡ゆる未知と嘆賞と希望とに輝く**生**が、花咲いてゐるのだらう。併し或はそこに、死と危険と絶望とが仮面の下に僕を待つてゐるのかもしれぬ。」そのとき塔の壁に《MEVM《メウム》・EST《エスト》》（「我ガモノナリ」）、という碑銘が彫られているのに気づいた。そこが塔の扉だった。

塔の遍歴はここからはじまる。「僕」の願望はひとつとして充たされぬものはなかった。「僕」は至高の王となり、第二の部屋で未知の風物と出会い、世界の富をわがものとした。新しい部屋でさらに「僕」は世界の智慧を万巻の書物から学んだ。薄暗い階に腰を下ろして、「僕」は生の在りかたを思い迷った。鍵束にはなお三つの鍵が残っている。「真の**生**の探求はこれから試みられなければならぬ。」そのとき「僕」はArcadiaでともに寝転んでいた少年が、心から愛している少女のことを話したのを思い出した。だが彼は微笑に紛らわせて「僕」を彼女に会わせようとはしなかった。しかしいま奈落を覗きこむ「僕」は、「僕」の過去が「凡ゆる富と権力と智識と嘆賞とに彩られながらも、何といふ惨めな孤独の中に過ぎて来たことだらう」と思った。「僕の生に闕けてゐるもの、それは彼女だつた。」階から立ちあがった。「僕」は激しい嫌悪が自分の胸を掻きむしったのに気がついた。しかし「僕」はゆっくりと階をのぼった。そして第五の部屋に優しくほほえみながら眠っている少女を見いだした。「僕」は片時も彼女を「僕」の側から離さなかった。だが「僕」は、彼女が「僕」を愛し、「僕」との幸福に身を委ねていても、なおむかしの人、彼を忘れかねているのに気づいた。「Arcadia の友情は憎しみに変った。」そして彼が「僕」たちの跡を追ってくるかもしれぬという恐怖が「僕」の心を襲った。「二人の愛撫に次第に絶望の闇が忍び入つた。」

「塔の地階へと流星のやうに沈んだ七つの銀の鍵束が、儚い木霊の後にその実体を喪失した時、僕は窖《あなぐら》の奥を放心したやうに覗き込んでゐた。〔…〕僕は暗い淵を、それが鍵束を再び手にすることの出来ぬ僕の前に、永遠に渾沌として僕を待つてゐる未来ででもあるかのやうに、凝然と眺めてゐた。」しかしそれは未来であるはずがない。「恰もひと気のない沼地から立ち昇る瘴気のやうに、あらゆる悪の素材の澱んだ塔の地階から立ち昇る陰森の気は、変転を極めた僕の過去の匂だった。」「僕」はふり仰いで塔の高窓から洩れる微光を望んで「未来は彼所《かしこ》にある」

と思った。しかし「僕」には、もはや凸凹の多い夜の階を、未知の未来へ向かって一段ずつ昇る勇気も意志もなかった。「僕にはー切が空しく思はれた。僕は今日、僕自身の鍵により心の扉を開いたのだ。僕にこの鍵を与へた**者**、それは陰森とした恐怖の手に他ならなかった。思へばそれは未来の呼声だつたかもしれぬ。」「僕」はもはや未知を望まなかった。そして「僕」の足は渾身の力を加えて、逸散に階を滑り落ちた。

地階は暗々たる夜だった。手探りですすんでいった「僕」は、石の扉のかたわらで銀の鍵を手にした。第六の部屋は未知の部屋だった。「僕」はもう何も望まず、あの清純なArcadiaをいま一度望んでいるばかりだった。しかもあの合唱まで風に乗って流れてくるではないか。だが手のなかの鍵を見ると、それは銀の色にまばゆく光り、「未知こそは、すべての生の姿を極め尽したと思つた人間にも、尚涯知れぬ魅力を蔵してゐる」と教えてくれた。「僕」はこれが「**運命**」だとつぶやき、石の扉を閉ざすと、暗い階をかけのぼった。

それは狭い長方形の部屋で、一脚の粗末な机と腰掛けがあるばかり、燭台で蠟燭が揺れていた。窓ひとつない部屋に、そこはかとない人間の体嗅の残されているのに「僕」は気づいた。恐怖が徐々に「僕」の心を締めつけはじめた。「僕を此所に導いた**者**がもし運命ならば」「僕」には天と地のあいだに身を隠す余地のないことはあきらかだった。「愛は絶対を要求する。選ばれるべき者は常にただ一人に限られてゐる筈だつた。」とすれば「僕」を待ちうけているのは彼だった。階を昇ってくる音がした。足音が近づき、無造作に扉をあけて、彼が入ってきた。「僕」は見た。「彼の落ち窪んだ頬を、眉の上に垂れた髪を、噛みしめた脣を、そして蒼褪めて光る瞳を。それは醜い老愁の表情だつた。」ふたつの表情にはただ憎悪と復讐とが彫られていた。ふたりの眼は鋭く宙に交錯した。灰色の壁のうえに二振りの剣のかかっているのを、ふたりは同時に発見した。

「僕」は放心して立っている。彼は死んだ。殺したのは「僕」だった。「僕は今こそ恐怖を理会する。恐怖は凡ゆる可能性だ。僕は僕の心に恐怖を植えつけた者を、今や遠い虚無の涯に追ひ帰した。併し僕は彼の吹き込む恐怖を殺すことに依つて、恐怖と共に僕の可能性をも殺したのだ。残されたものただ一つの必然、彼女しかなかつた。僕は勝利者としての自覚を自分に強ひた。」

「僕」たちは、「恐怖、この人間的な感情」の代わりに「他の一つの人間的な感情、**情熱**」によって領せられた。それで「僕」たちは幸福だったろうか。「僕は彼女のやうに、僕の忌はしい過去、殺人者の手を忘れて生きることは出来なかつた。彼女を抱きしめるこの手が、嘗て彼を殺したのだ。彼女の微笑を見詰めるこの瞳が、嘗て彼の骸《むくろ》を見下したのだ。」「僕は平和に眠つてゐる彼女をしげしげと見守つた。そして僕は始めて、青春の敵、**老**が、この美しい顔立に忍びやかに訪れてゐることを知つた。」「僕は此所を逃れよう」」、「僕」はそう叫んだ。僕に必要なのは「一つの生、精神の自由に貫かれた一つの生」だった。「僕は漸くにして気附く、この愛撫の部屋に色濃く死臭が漂つてゐたことを。幸福とは死の臭ひだつた。死の臭ひとは忘却だつた。僕は此処に留まつてはならぬ。」「僕」は逸散に階をかけおりて、入口の扉を求めて模索した。そして小さな銀の鍵を蹴とばした。最後の部屋の鍵だった。

「最後の部屋が僕を待つてゐる。もしそれが**運命**ならば。」第七の部屋の鍵穴に鍵を入れたとき、手がふるえて容易に鍵穴の位置を探りえなかった。「扉の中は夜だつた。併し直に冷たい風が僕の頬を撫でて過ぎた。此所は部屋ではなかつた。塔の最高層は銃眼のある壁に囲まれた狭い望楼だつた。天井の代りに、燦く星座を鏤めた夜の空が塔の上に懸つていた。」「僕」は放心して立っていた。そのとき遠くから幽かな歌声が聞こえてきた。「僕」は思わず壁に半身を乗りだして、声のする方向を覗き込んだ。「眠れ眠れ輪の中で／金の小蜂野をめぐり」……。「それは薄れた記憶の呼声だつた。今は取り返す術もない遠い日の合唱だつた。」しかし見渡すかぎり、夜の地平には何もなかった。

「僕」は塔の第七の部屋、最高層の望楼で、ただひとり待っていた。「彼は死んだ。そして彼女も亦死んだ。僕一人が残つてゐる。孤独に、絶望の囚人として。」「僕」はふたたびもたれて下界を望んだ。もはやこの夜のなかに子供たちの合唱も聞こえなかった。

そのとき一羽の蝶が記憶のなかから滲み出たかのように、「僕」のまえをひらひら飛びまわった。「その翅は大きく虹のように燃えてゐた。」

思へば僕は、花が静かに冠を垂れ、草が草の実を零してゐた真昼の原に、一羽の蝶を夢みたのではなかつたらうか。長い不思議な夢の中に時を忘れてゐたのではなかつたらうか。この夢の醒めるところに、真の**生**、僕があれほどまでに渇望した真の**生**が目覚めるのかもしれぬ。いな、そのやうなことはない。僕は悲しくさう呟いた。生はただ一つ、ただ一度限りだ。この生は再び繰返すこともやり直すことも出来ないのだ。そして道は最早冥府にしか通じてゐないだらう。しかしこの冥府の奥に、Persephone《ペルセポネー》に会ふ死者の役目は僕にはなかつた。〔…〕生の果てるところにただ虚無のみが僕を待つことを、僕は充分に知つてゐたのだ。塔が僕を囚へ、僕に《MEVM《メウム》 EST《エスト》》〔「我ガモノナリ」〕と叫んだ以上、僕の生は塔と共に終るのだ。僕は夜の空に無心に瞬く星を眺め、一瞬にして銃眼のある塔の壁から暗黒の中に身を投じた。僕は僕の身体が、速く速く闇の中を落ちて行く音を聞いた。それは昔僕が塔の階の途中で躓いた時、七つの銀の鍵束が鋭く空気を切つて落ちて行く時の音に似てゐた。僕は鍵束のやうに落ちた。それは僕の死だつた。

あくまでも時空をこえた特異なエクゾティスムに彩られ、字体の転換まで取りいれたこの散文詩は、たしかにひとつの人生のドラマを描ききっている。しかもこの塔の世界を支配するのはあくまでも死であって、死に閉ざされた塔こそ、戦時中の福永の青春そのものだったと言えるだろう。それは福永武彦の原点であるばかりか、戦後文学の出発点でもあった。「塔」は他の二作品よりほぼ一年早く、山室静、片山敏彦らの『高原』第一輯に、中村眞一郎の『死の影の下に』第一回分と併載された。

これら二十代から三十代にかけての若い作家の三篇の小説が、わたしに深い感動をもたらしたのは、一言でいえば、そこにわたし自身の身近な現実が、まったく新しい、あえていえば、それまで西欧の現代小説の翻訳で知った独自の視点に立ってさまざまなかたちで描きだされていたからにほかならない。むろん、これら三つの小説は、その描きだす対象も、その文体も、それぞれまったく異なってはいる。にもかかわらずそこには、大戦下の閉ざされた全体主義体制のもとで教育をうけ、八月十五日を迎えてはじめて解放のよろこびを知り自由に目覚めた、わたしたち世代の共感を呼ぶものが、まさに溢れでていたのだ。

その共感を呼んだものとは何であったか。それをわたしはあえて、この三つの小説とほぼおなじころ手にした一冊の本に即して語っておきたい。それはわたし個人の経験をこえて、敗戦後二年の一九四七年夏の青年たちの精神状況をうかがわせるものと信じるからだ。

5

いまでもわたしの手許にあるその一冊の書物は、A5判、表紙はうすいオーカー色の地で墨の二本の横線で囲まれたなかに、白抜きの「文学的考察」の文字のしたに、こげ茶色で独得の書体の「1946」という洋数字が踊るように描かれ、囲いの線のしたにいずれも墨の手書きで加藤周一、中村眞一郎、福永武彦の三人の著者名が、最下部のローマ数字「・MCMXLVII・」のうえに縦にならぶ、簡素とはいえ洒落た二六三ページ、一九四七年五月三十一日真善美社刊の、『1946・文学的考察』である。

表紙を開いて「題言」を見ると、これは雑誌『世代』の前年七月から十二月まで《CAMERA EYES》というタイトルで連載した六回分のエッセーに三回分を加えたもので、毎回コラムは「焦点・時間・空間」からなり、三人の筆者が交代して担当したと書かれている。目次裏には「装幀・カット　故六隅許六[1]」とある。

いまは当時のわたしにつよい印象を残した文章を、この書物からいくつか列挙していこう。

「一九四五年、既にあの炎が美しかつた。東京の街を我々の家や寝床を、我々の食ひ残した卵やうどんを、要するに我々の所有し、所有せざる一切を、忽ち焼きつくしたあの炎が限りなく美しいものであつた。冬の暁の冴えた碧空に、美しき五月の「緑の闇」に、我々の希望と、悔恨と少しばかりの努力の跡とそして多分我々の恥も愚劣も滑稽も、一息に焼き払つて燃え上るあの炎が美しかつたとすれば、その焼跡は美しくないのか。」こう「焼跡の美学」と題されたKの文章ははじまる。そして、「嘗て、東京の巷にさすらひ、東京の建物とその中に営まれる生活をつくづくと眺め、其処に生れ、其処に育ち、其処を愛すること何人よりも強きが故に、其処を嫌悪すること何人よりも激しかつた者だけが、その焼跡の美しさの真に悲劇的な意味を正しく感じ、理解することが出来るであらう」とつづき、「真の建設は、徹底的破壊を通じてしかあり得ない」がゆえに、一八六八年の革命が「精神と道徳との革命」ではなかったと指摘し、「されば我々の課題は〔…〕社会組織そのものを、ポツダムの宣言の示す如く、徹底的に、民主主義的合理的に変革し、日本の人民を解放して、我々日本の人民の中に理性と人間性とを育てることでなければならない。その課題の勇敢な遂行だけが、貧しい日本を、その単純にして力強い理想のために、美しく見せることが出来るであらう」と結ぶ。

むろん現代日本文学はそこでは徹底的に否定される。Fの「文学の交流」によれば、ここでは「日本といふ特殊の環境で日本的と称される特殊の風俗に取囲まれた、日本人といふ特殊の民族の生活を、極めて平凡に描いた作品が主潮を為してゐた」。ところが欧米文学の作中人物は、「窮極に於て何れも「人間」であり、そのことに依つて外国人である僕たちの心を烈しく打つのである」。日本文学ではすべてがあまり「特殊」で、「そこに普遍的なもの、コスミックなものが皆無だつた。凡そ二十世紀の世界文学を見廻して、日本文学ほど普遍性から遠い貧しい存在は他にはないだらうと思ふ」。それは日本の文学者が外に眼を向けることなく、「一つの外国語をもマスタア出来ないで、将棊を差したり、カフェに入り浸《びた》つたり、禊をしたりしながら、小説が書けると信じてゐた」からにほかならない。それならば、「外国語の読めない」作家たちは「日本の古典を心から勉強してゐただらうか。これまた頗る怪しいものだ」。さらにNは、「或る女友達の疑問」のなかにこう書く。戦争騒ぎで西欧から日本へ帰ってきたある女友達が、日本に滞在しての感想を筆者あてに記してきた。「此れは確かに正気の沙汰ではないわ。多くの文学者に共通する、此の無智への気取り。聖書もアリストテレスも我々にとつて無縁だ。カント、知らない。マルクス、聞いたことのない名だなあ。此れは人類と文化への驚くべき無礼な傲慢な態度だわ。それを一国の文壇の多くの作家が共通の癖として持つてるなんて。」

そして三人のエッセーは、ペトロニウス、ソポクレス、ウェルギリウスといったギリシャ・ローマの古典に触れ、あるいは『金槐集』やボードレールの詩を論じ、さらに二十世紀のヨーロッパ、とりわけプルーストにはじまりトーマス・マン、ヘルマン・ヘッセ、オルダス・ハックスリー、フォークナーを経て戦後あらわれたばかりのサルトルにまでもその関心を寄せる。

「日本文学が現在一つの革命を要求されてゐるならば、それは恐らく文学に於ける人間の発見だらう。我が国の文学には人間がゐない。それは今迄、封建政治下の日本にあつて、人間の学がなく、人間の存在がなかつたことに理由づけられる」とFの説く「人間の発見」あたりに、全体の基礎的な論調を代表させることができようか。とはいえこのきわめてラディカルな筆者たちが、「戦後の日本文壇の最も輝かしい事件は、偉大なる師匠、永井荷風の華かな come-back である」（N「七十歳の論理」）として、みごとな荷風讃の文章を書いていることも忘れてはならないだろう。

『1946・文学的考察』は、むろんおなじとき日本語による定型詩の創造を唱えていたグループ《マチネ・ポエティク》[2]に参加していた加藤周一、中村眞一郎、福永武彦三人が、それぞれの立場から敢行した日本の文明批評である。それは当然のこととして若者の西洋かぶれと既成文壇からは集中攻撃をうけた。しかしおなじころ、野間宏は「文芸時評（Ⅱ）」（一九四七年十一月）で埴谷雄高、佐々木基一、中村眞一郎の作品を取りあげて、「これらの文学の特徴は、いずれも、自分の師表を過去の日本文学の中にもとめず、ドストイェフスキーに、プルーストに、モーリャクにといふ風に外国の作家に求めて、世界文学への道を一歩ふみ出そうとしている点にある」と書いている。『1946・文学的考察』の立場が野間宏のそれとかさなりあうことは、あらためて縷説するまでもあるまい。逆にいえば、このようなきびしい日本文明批判のうえに立っていたからこそ、あの三つの感動的な作品が生まれたのである。

わたしにとって一九四七年夏は、中村、野間、福永三人の小説と青春のマニフェスト『1946・文学的考察』によって、まったく新しい文学の地平が眼前に一気に拡げられた季節だったと言わなければならない。

6

すでに一九四六年一月、無名だった三十代の七人の文学者によって雑誌『近代文学』が創刊され、戦前のプロレタリア文学指導者批判を軸として、「主体性論」「世代論」「政治にたいする文学の優位性」「戦争責任の追及」というかたちで、文学の新しい地平が着々と切り開かれつつあった。それだけに同人に小説家として埴谷雄高しか数えなかった『近代文学』が、一九四七年一月にみずからと共通する視点をもつ野間宏、福永武彦、加藤周一、中村眞一郎ら八名を同人として迎えたことは当然のことだったと言えよう。

ところが新同人のひとり加藤周一は、『近代文学』一九四七年七月号に「IN EGOISTOS」を寄稿したのである。

この文は、「戦争から、悪しき政治をではなく、政治一般の悪を結論し、敗戦後の文学世界に反政治主義の立場を採る者の数は多いが、自らエゴイズムを主張する者の放言は、最近に至つて漸く常規を逸しようとしてゐる」と指摘したうえで、多様なエゴイズム論を批判し、「文学的人間像は、その歴史的社会的位置に於て、同時に超越的実存的現実でなければならぬ。それは、二重の意味で小市民的日常性の否定の上に成立する」と述べ、妻子を捨ててスペイン戦争に身を投じた『誰がために鐘は鳴る』の作中人物に触れ、「エゴイズムから出発すると云ふべきではなく、我々自身の体験から出発すると云はなければなるまい」と説いた。しかしエゴイズムをめぐるテーゼは『近代文学』創刊以来の同誌の中心的テーマだったのである。

その主唱者荒正人は「民衆とはたれか」(『近代文学』一九四六年三月号)において、現在いたずらに「民衆」を振りまわしている、かつて性急な自己否定と民衆の絶対視を強制したプロレタリア文学理論にしたがいのち転向した四十代の左翼文学者にたいして、「労働者、農民の眼で現実を見るといふ小市民インテリゲンチャをわたくしは信ずることができない。見るとは、文学の世界にあつては、汽車の窓から移りゆく風景を眺めることではない。わたくしはそのやうに信じるが故に、わたくし自身の肉眼、すなはち、小市民インテリゲンチャの生活感覚のほか、一切が虚妄であると断言するのだ」と述べて、彼らのかつての安易な自己否定の過ちを繰りかえさぬことをつよく要請したのだ。

それだけに過去を無視してエゴイズムを簡単に乗りこえようとする加藤周一を、荒正人はまず「縦糸の忍耐」(『近代文学』一九四七年十一月号)のなかで、疎開地の土蔵住まいのわが家を引きあいに出して、三人が堀辰雄に私淑しているところから、「高原だの、山荘だのにゐて、人民のほうにむけて怒号する軽井沢コムミュニスト」とまず揶揄する。ついで『人間』一九四八年五月号に「オネーギンを乗せた「方舟」——マチネ・ポエチックのひとびとへ」を発表して、「民衆と自分との距離を自覚するところに創造の場がある」とみずから信じるところを開陳したうえで、同年七月《マチネ・ポエティク》グループの創刊した『方舟』[3]にかけて、「二十世紀のノアはまづオネーギンでなくてはならない。旧約のノアは、義人で、その時代の完全なる者として神から祝福されたのであるが、現代のノアは、余計者として民衆から呪詛されてゐるといふ自覚をもたなければならない。その自覚のない「方舟」はかならずやアララテの山に漂着するまへに転覆してしまふであらう。きみたちの種族は絶滅してしまふであらう」と警告を発するのだ。のちに「『オネーギンを乗せた「方舟」』を読んだとき、いちばん身近かであるべきもの、密接な協力者であるべきものを排斥してしまう危険を感じた」(『物語戦後文学史』)と本多秋五は述懐している。最初からの『近代文学』同人と《マチネ・ポエティク》グループとのあいだのわずかな年齢の差が、プロレタリア文学に参加し、その後転向するという癒しがたい傷痕を青春に刻印された過去の経験の有無というかたちで、そこには大きく影を落としていることを見逃してはならない。じつにわずかな違いだが、加藤たちの青春には、革命の夢はまったく失われていたのだった。

けれども『1946・文学的考察』は、中村光夫に「あの「一九四六年」にはまづ美事な青春の表現があります」と絶讃させたうえで、「文学を真面目に考へ、切実に求める人々、ことに戦後の文学の現状に強い不満を抱きながら、それから脱出する出口を跪きながら求めてゐる若い作家や批評家たちは〔…〕貴君たちの議論よりむしろ貴君たちの存在自体に或る清新な刺戟をうけずにはゐないでせう」(「「一九四六年」——文芸時評」、『文学界』一九四七年九月号)と語らせていることを、ここにぜひ書きとめておきたい。

注

(1)「故六隅許六」は渡邊一夫が装幀・カットなどに用いた雅号。

(2)《マチネ・ポエティク》は日本語における定型詩実現をめざしたグループ。一九四二年七月結成。中村眞一郎、福永武彦、加藤周一、窪田啓作、白井健三郎らが研究のため月一回会合をもった。一九四八年五月真善美社より、上記のほか原條あき子、中西哲吉、枝野和夫らの作品を加えて、『マチネ・ポエティク詩集』を上梓した。

(3)『方舟』は一九四八年七月、九月、河出書房より刊行された同人雑誌。編集長原田義人、同人に森有正、加藤周一、矢内原伊作、福永武彦、中村眞一郎、白井健三郎、窪田啓作らがいる。

I　『風土』

『風土』の完成版は一九五七年三月、創元社より刊行された。

福永武彦が『風土』執筆を開始したのは一九四一年五月だから、この小説は完成までにじつに十六年近い歳月が費やされたわけだ。その経緯に簡単に触れておくと、四一年五月に書きだされた『風土』は、第一部二章まで書きすすんだところで、作者自身舞踏会の経験がなかったことから、次の「舞踏会」の章に入ることができず、一時中断のやむなきにいたった。その後福永がもうひとつの未完の長篇『独身者』にとりかかったため『風土』は久しく放置された。しかし敗戦の年一九四五年九月に第一部三章、四章が信州上田で執筆され、一九四八年七月創刊の雑誌『方舟』一号、二号に発表される。しかるに同誌は二号で廃刊となる。この間、福永武彦は戦後結核を再発し、帯広、ついで清瀬の結核療養所で手術をうけ、一九五三年三月まで療養所生活を送った。一九五〇年秋、福永は第二部に着手し、翌五一年五月、第一部四章と第二部を『文学51』に連載、同年七月に『風土』は完成された。ところが『風土』全三部七百五十枚という当時としては異例の長さに出版元の新潮社が驚き、第二部を省略し第一部と第三部のみを一九五二年七月『風土』として上梓した。そんなわけで『風土』全文が最終的に刊行されたのは、一九五七年三月創元社からであった。

1

この作品の舞台は、外房と思われる海浜の別荘、時期は、一九三九年夏、それに「遡行的過去」として、関東大震災直前の一九二三年夏が重ねあわされる。一九二三年の別荘には、長い海外生活をおえた元外交官荒巻氏と娘の芳枝、そして彼らを取りまく青年たちがいた。一九三九年、別荘にはパリで夫を失った芳枝とその娘道子のふたりが住んでおり、そこをかつて芳枝を愛した青年のひとりの画家が訪れるというのが小説の筋である。物語は、一九三九年九月の第二次大戦開戦とともに幕がおろされる。

『風土』は一言でいえば、近代日本と西洋という問題を主軸として展開していく。そうした生硬な主題を持つだけに、これまでの日本の小説と異なって、しかも処女作としては異例なことだが、作品の大きな部分を会話が占めている。

主人公は、荒巻氏の一人娘、外地育ちだけに語学ばかりかピアノも堪能、絵画にもくわしい芳枝ということになろうか。近代日本の西洋崇拝の最先端をいくブルジョア家庭の一粒種だ。だから画学生桂昌三が訪れていくと、彼女はフランス語の小説を手にしてあらわれ、「パパはとてもやかましいの、たくさん御本を読まないと怒るんですもの」と弁解し、話が私事におよぶと、「わたしはじめじめしたのは嫌い。わたしは明るいのが好き。〔…〕身の上話は嫌いよ」と言い放つ。

一九二三年八月も荒巻家の別荘には、十九歳の芳枝の学校友達上村万里子や男友達の三枝太郎、高遠茂、そして桂昌三などが集まり、にぎやかに夏をすごしていた。

この小説は形式的に、「第一部　夏——一九三九年」「第二部　過去——一九二三年八月」「第三部　夏の終り——一九三九年」と、いちおう十六年にわたって展開していくのだが、その複雑な時間構成はべつとしていま内容に即して説明しておけば、一九二三年八月のある出来事によって物語がはじまる。

ある夕べ、一同がそろって晩餐をすませ、適度に葡萄酒で酔い、別室のサロンにくつろぎ、当時新聞を騒がせていた有馬武郎心中事件のことなど噂しあっていた。そのとき桂昌三が「芳枝さん、ピアノを聴かせてくれませんか」と言いだし、『月光』を所望したのである。むろん芳枝の『月光』に陶酔した昌三は、演奏がおわってしばらくすると席を立ち、月光に照らされた庭に出たが、そこで木蔭ごしに芳枝が三枝太郎に抱かれているのを見てしまったのだ。眼をあげたときにもうふたりの姿はなかった。「彼の眼の前で、或る不思議なことが起ったのだ。彼はそれを見た。見る前の僕と見たあとの僕とにどういう違いがあるだろう、と彼は心の中で言った。たしかにその間に、何かが僕の内部で崩れ、死んでしまった、——何か或る大事なもの……。しかしそれは何だろう、その失われた大事なものとは一体何だろう……。」

2

外交官試験に受かった三枝太郎は、翌年六月芳枝と結婚して任地フランスに赴いた。第一部一章で突然十六年ぶりに別荘にあらわれた桂昌三は芳枝の口から、三枝がパリで外交官をやめて画家となり、自動車事故で夭折、芳枝は遺児道子と翌年に帰国、むかしからの父親の別荘に引きこもったと聞く。芳枝は十六年ぶりのむかし親しかった昌三に、「三枝君は亡くなられる前頃には、大層いい作品があったようですね」と言われるまま、大使館を勝手にやめてしまってすっかり絵かき気取りでもてはやされ、「わたくしが言うのも何ですけど、太郎の絵は天分があったのじゃないかと思いますの」と語った。あのころを懐かしがってきかれるにつれ、桂は、三枝君よりひとつしたの三十九のくせまだ独身ですとこたえる。そこへ仏頂面をした十五歳の道子が出てきたので、桂は二、三日まえから当地に逗留しているからまたくるといって立ち去った。

数日してふたたびあらわれた桂をまえに、芳枝はパリ時代の三枝について、なんだか真剣で《diable au corps》《ディアブル・オ・コール》（ものに憑かれた）というか、「勤めをやめた頃はまるで神経の塊りみたいでぴりぴりしておりましたわ」というところから話しだす。パリのような本場で、素人から専門家になろうというのは大冒険で、「それだけ思い切ったのには、奥さんの内助の功も大きかったんじゃないんですか」と桂が水をむけると、「あら、わたくしなんか相手にしてくれませんでしたわ。モデルに使われますだけで。大使館をやめた当座は、二人してダンスばかりしておりました」と、こたえた。「この奥さんは、御主人の心の動きを暁《さと》り得ないほど単なるお人形でいたのだろうか……」と、桂は訝しむ。部屋には、見るからにパリへの郷愁をそそる、モンパルナスあたりの裏街を乱雑に描きだした二十号の油彩が掛かっていたが、「この絵はうまく描かれている。〔…〕しかしどこかに、素人をあっといわせるこけおどしのようなものが感じられる」と桂は思った。パリにはどのくらいおられたかと芳枝にきかれ、「僕は行かずじまいです。〔…〕二十代のうちに行きたかった。僕みたいに、三十代ももう終るような年頃では、何かにつけて感激が薄いですからね」と桂。「でもパリはようございますよ。わたくしはもう一度行きたい……」とうっとりとつぶやく芳枝に、「夢を持てる人は羨しいですね」と素直に桂はこたえた。話がひと区切りしたところで桂が、三枝君は立派なコレクションをお持ち帰りになられたそうですねと切り出すと、芳枝は全部人にあずけてあると返事をしてから、「ゴーギャンだけ一つ取ってありますけど」と言い添えた。「え、ゴーギャン、三枝の好きだった?」と驚いて声をあげた相手に芳枝は、二階の道子の部屋にありますが、道子がいないとどうもと困ったように言いよどんだ。

つづく日の昼も芳枝は海へいかず庭の椅子でまどろんでいた。「わたしの夢、わたしの過去は、もうパリにしかない」と考えながら、いまも自分の寝室に飾ってある、自分をモデルにした、前景四分の一ほどに強烈な色彩の薔薇を配し、その奥に夢みるようにすわった黒髪の裸婦を描く太郎の『薔薇と裸婦』を思い浮かべ、「創造の悦びが、いつでも太郎の顔に天上の光のようなものを放射していた」と回想する。しかしふとそのむかし桂昌三が、絵が好きなら趣味でやれ、職業はべつに持てという父親と大喧嘩して太郎と一緒の高等学校をやめたことを思い出した。その昌三は当時三枝の絵について、画面を再表現するため感動を殺さなければならないのに、自分まで感動するからアマチュアだと批評していたことが頭に浮かぶ。「しかし悦びの中に芸術の創造があるというのは、ひょっとしたらわたしの間違いかもしれない、もっと苦しい、絶望的なものの中にこそ、真の芸術があるのかもしれない」と、いまは思いかえし、死ぬ間際の太郎の暗いまなざしがぼんやりと見えてくる。そのときなかば夢うつつの庭の芳枝のまえに立っていたのが、桂昌三だった。しばらく雑談をかわしたあと桂は、「この前おっしゃったゴーギャンですが、ひとつ見せていただけませんか」と切りだした。芳枝はあわてて、あの絵は道子の部屋にあって、これはパパのお形見であたしひとりのものだから、だれにも見せないと言い張ると弁明しているさいちゅう、道子とおない歳の友人早川久邇とが海からもどってきた。芳枝が久邇を横浜の貿易商のひとり息子で肋膜の病後の静養のため別荘にきているピアノ少年と紹介すると、桂は、「情熱を潜在させた、深い、澄み切った眼の色をしている」その少年を一目見て、「すべてを早熟に見抜いていて、孤独な心に耐えている眼」だと思った。

ゴーギャンを桂が見たがっているという芳枝に、「厭よ、絶対に厭」と頑強に言い張る道子を残して、桂は久邇とそとに出た。「健康であるのはいいことだなあ」と、しみじみとした声で陽に焼けた少年の腕を見てから、「僕はこの頃、健康な芸術というものを考えるようになった」と桂は話しだす。「芸術というものがもっと希望のある、もっと明るい、暖かい、謂わば民衆の中にあるためには、今のままでは動きが取れなくなっているんだね。」文明の爛熟し頽廃したヨーロッパでは、「何か未知の地方にDreamland《ドリームランド》を求めて、東洋とか太平洋の島々とかへ逃げ出した人たちがいる」と言って、日本へきたラフカデオ・ヘルン、フェノロサ、ピエル・ロチ、モラエスの名をあげた。だが日本に何か新しい風土があったのか。「日本という国は、貧しい、というより恐らくは間違った政治力の中で、四苦八苦しているのだ。その中でただ僕とか、或いは少数の僕のような芸術家の頭の中で、こうした文化の問題が絶望的に考えられている。西洋文化の模倣が行くところまで行き着いて、さて自分の固有のものはどこにあるだろう、という反省だね。」一息ついてさらに画家はつづけた。「そこで君たちのように、若くて健康な人たちを見ると羨ましいということになるのさ。」それから気のむくまま画家は作曲もするという少年にむかって、時間のなかで滅んでいくデカダンスの作品からアマチュア芸術についてまで、歩きながら話しやめなかった。

3

芳枝が桂昌三に『タヒチの女』を見せたのは、それから数日後、道子が海へいって留守のときだった。その絵はこう描きだされている。

赫《かが》くような南国の太陽が、物の影までを明るく照し出している砂地に、裸体のタヒチの女が一人、画面の中央に少し斜めを向きながら立っている。しなやかな、それでいてくっきりした、荒削りな線からなる体格、その素晴らしいヴォリュームは、彼女の祖先である密林を駆け抜ける巨人等の血が、今も体内に脈々と流れていることを示さずにはおかない。

顔にはマオリ人種特有の憂鬱な微笑が、その厚い肉感的な唇をかすかに染めている。何か未知の恐怖を待ち受け、また或る望ましい悦びを待ちうけているような微笑。眼は環礁に囲まれた入江のように、深く透明に澄み切っている。

この絵は、パリで太郎と親しくしていたあるフランス人の画家をとおして、いかがわしい評判の男から買ったもので、署名もないし、偽物だという噂もあったと芳枝が解説する。そういえばここに描かれた作品は、福永武彦が戦時ちゅうわざわざ倉敷の美術館まで見にいったという三十号の、『テ・ナーヴェ・ナーヴェ・フェヌーア』（かぐわしき大地）とすくなからぬ共通点を持っている。『テ・ナーヴェ・ナーヴェ・フェヌーア』を見た福永自身の筆を借りれば、「緑色のマンゴの大木が茂り、黒い大とかげが走り、赤い羽を持つ鳥のようなものが枝にとまり、人の眼をした花々が静かに揺れている[1]」タヒチの楽園の画面左側に、裸体のタヒチ女が、そのがっしりした両足で大地に立ちはだかっている絵なのである。そしてこのまぎれもないタヒチの女をまえにして、桂はたしかにこの「タヒチの女は何者かを待っている。〔…〕しかしそれは何か」と考えこみ、「いかなるものを与えられても、遂には同化し、克服しなければやまない未開人の強靭な意志」という言葉が浮かんだ。「傑作ですね、実に素晴らしい」と、なおも画面をにらんだまま、うなるように桂がつぶやいた。

それからふたりはそとへ出た。海のほうへとしばらく歩いてから桂昌三が独り言のように話しはじめた――「ゴーギャンも可哀そうな男ですね。〔…〕あれは一種の憑かれた人間ですからね。どこにいても満足が出来なくて、とうとう海の彼方へまで夢を探しに行った。が、タヒチでも、結局夢の中に生きることは出来なかったでしょう。」芳枝が日傘を傾けながらきいた。「ゴーギャンという人は、タヒチへ行って救われたんじゃありません?」、「それは、芸術家としては救われました。しかし人間としてはやっぱり不幸だったのでしょうね」と、桂はこたえた。そしてゴーギャンがタヒチから妻へ書き送った手紙の一節、「Espérer c'est presque vivre...」(希望することはほとんど生きることだ)を諳んじて、「これは絶望の中にいる者が、何とか生きようとして搾り出して来た言葉です」と注釈をつけた。「それであなたは何処へもいらっしゃらないの」と芳枝が訊ねると、桂は渋々こうこたえるのだった。「とにかく駄目ですね。僕も来年はもう四十だからなあ。やっぱり年齢というものもあるんでしょう。この日本という土地に、否応なしに縛りつけられているのかと思うと、近頃は段々に愛着を感じて来ました。」芳枝がすかさず反論した。「むかしフランスへ早く行きたいと、そればっかり口癖のようにおっしゃっていらしたのは桂さんじゃなかったかしら? 太郎なんかより、もっともっと熱心だったじゃありませんか。」

ここで桂は口調をあらためて、日本の洋画家について語りだす――「一体僕等のような洋画家にとって、最も深刻なのは伝統がないということです。日本に洋画がはいってまだ六七十年にしかならない。僕たちの血の中に、なるほど日本画から来た絵の感覚はあるとしても、油絵に対する先入的なものは何もないわけです。それでいて日本画ではあきたりなかった。油絵を描かずにはいられなかった。ここに僕等の宿命的なものがあるんです。つまり僕等は、例えばヨーロッパ人が何世紀もかかって築きあげた伝統を、個人の内部に於て、掘り起し、種子を蒔き、実らせなければならなかった。しかもそれはまったくの荒地だったんです。自分より他に一人の恃《たの》む者もいない、その自分さえ盲探しに探してつくりあげる他はない。〔…〕つまり伝統というものは、単にパリへ行ったらあるという代物じゃない。日本人である僕たちは、何処にいても自分で伝統をつくらなければならないんです。」ここで息をつくと桂昌三は、「僕も昔は、なに頑張ればという意気込があったから、セザンヌの高さが手の届かないものだとは思わなかった。ところがどうして、近頃になって自分のメチエが大体出来上ってしまうとよく分る、駄目ですね、絶望なる哉《かな》ですよ……」。

浜に出て道子たちのパラソルを探しながら、芳枝は日傘の柄をくるくるまわしてきいた。「日本の芸術家は、〔…〕みんなそういう暗いお気持でいらっしゃるのね。」「そう、洋画に限らず、彫刻でも、音楽でも、文学でも、すべて芸術に携っている人間は、伝統を持たないので苦しんでいますね。文学のように、日本文学の伝統がちゃんとあるように見えるものでも、そんな伝統だけではやっぱり役に立たない、と僕は思うんですがね」と、桂が応じた。

「そんな絶望の中にいらしても、お仕事の方はやっぱり出来ますの？」と芳枝の問い。「それは出来ますよ、絶望というのは持続された状態じゃないから。〔…〕絶望とは、キエルケゴールも言っているように、死に至る病ですよ」と、桂が簡単にこたえた。けれども桂はかがやく夏の海を見ながら、自分を慰めるようにしばらくしてぽつりと洩らした。「しかし、〔…〕やっぱり僕にでも夢があるんですよ。〔…〕芸術家としてはもうパリへ行く夢も、大傑作を物しようという夢も、まるでなくなってしまった。しかし人間としては……、生きている限りは、まだ何か希望がありますね。Espérer, c'est presque vivre《エスペレ・セ・プレスク・ヴィヴル》……でしょう。何の希望だか自分でも分らない、空しいものだけど。」そのとき芳枝が、「Espérer, c'est presque vivre」ときれいなフランス語で繰りかえしてから、「ええ分りますわ、〔…〕わたくし分りましたわ、あなたのおっしゃることが」と思わず叫んだ。

4

一九三九年八月、お盆がきて海水浴場で花火大会が催されるころになると、十六年まえからのメンバーは芳枝と桂昌三ふたりだけであったにせよ、若い世代の道子と早川久邇が加わって、荒巻別荘にはむかしとおなじような小さな芸術セナークルが誕生したと言っていいだろう。

　だがここでは、一九三九年夏の終わりに入るまえに、この小説の構造についていささか記しておかなければならない。

『風土』は、あえてことわらなかったが、全三部のうち第二部「過去——一九二三年八月」だけが、第一部、第三部とまったく異なった形式で書かれている。第二部では第一部、第三部の章立てはなく、全文が二十三箇の比較的短い文章でつづられ、その二十三の短文の頭にかわるがわる「一日（1）」か「過去（遡行的）」という小見出しがつき、「一日」のあとに括弧に入れられる算用数字が順を追ってふえていく。具体的に見ていこう。

「一日（1）」は、一九二三年八月のある朝、大学生の三枝太郎、高遠茂、画学生の桂昌三が下駄ばきで海辺へむかっていく姿を描きだす。つづいてくる「過去（遡行的）」では、その前日の夜、芳枝が桂に請われて『月光』を弾きおわったあと、桂が庭に出て芳枝と太郎が接吻するのを目撃した場面だ。つづく「一日（2）」では、浜辺でさきにきて待っていた芳枝がおくれてきた三人をおそいとなじり、そのあとの「過去（遡行的）」では、芳枝が『月光』を弾きだし桂が瞑想にふける。すなわち、「一日」プラス括弧算用数字の部分では、以下浜辺でドッジボールなどに興ずる若者たちの半日が十二に細分化されて叙述される一方、「過去（遡行）」

では時間をさかのぼり、三番目の「過去（遡行）」で夕食後の場景がおわると時間が大幅に過去にもどって、昌三と芳枝、昌三と太郎に焦点をあてた過去の数場面から子供のころの昌三が荒海をひとりで眺めている光景にいたるまで、十一の短文でつながっていく。いってみれば、「第二部　過去」は、芳枝と三枝太郎との結びつきによって、桂昌三にとっての過去が、まったく対立する異質のふたつの時代に分割された事実を、何よりも小説の時間処理によってあきらかにしているのにほかならない。

じじつ第三部の「一日（11）」の最後で、真昼の海にむかって「君たち、幸福な人たちよ、さようなら」と別れの言葉を投げかけた桂昌三は、第二部結びの「一日（12）」で、「もう二度とここへは帰って来まい、〔…〕明日からの僕はもう今までの僕ではない」と決心し、ひとりで浜から駅へと向かうのである。まさしくこの「一日（12）」で第二部がおわり、十六年後の夏が「第三部　夏の終り」として、次のページからはじまる。その間の空白の十六年は空白のまま残されるわけだ。

5

桂昌三が二度目に芳枝を訪ねたとき、芳枝が泳ぎにいかれましたかときくと、じつは泳げないという意外なこたえだった。芳枝がとりなすように、「泳ぎは神さまのお与えになった人生の最大の愉しみの一つですわ。〔…〕海とはお友達のような気がしているのですけど」と言うと、「僕にとって、海はどうも近づきにくいもの、愛し得ないものです」と告白し、桂はこう説明した――「こういうふうに海が嫌いなのは、僕の幼年時代の環境が作用しているのかもしれませんね。〔…〕僕の育った田舎というのは、東北の或る海岸の小さな網元の家でね、亡くなった母親の実家でした。そのあたりというのが、殺風景な、荒涼とした、実に物悲しいところなんですよ。〔…〕自然は、ああいうところでは、人間に対抗する暴力なのです。子供の印象に刻まれた海には、何の浪曼性もない、陰欝で、絶望的な回想ばかりです……。」まさに芳枝の海が南国のかがやかしい夏の海だったのにたいして、昌三にとっての海は、暗欝な暴力としての冬の海だったのである。十六年まえ昌三がおなじ海岸でさびしそうな万里子に洩らしたところによれば、昌三は私生児で、小学校のおわりごろ実の父親というのが海辺の村に突然あらわれ東京へつれてこられたという。しかも昌三が高等学校までいきながら父親と大喧嘩して勘当されたことはすでに記したが、十六年まえ趣味で絵を描き秋の大学の展覧会に二、三点出品しようかと迷っている親友の三枝に、昌三は、住みこみで弟子入りした村山先生のところでは、一日にすくなくとも十二時間はパレットを手にしていれば、十年たてば絵らしいものの形だけはわかり、「まず日本人は一生かかってヨーロッパの二流どこまで行けばいい方だとさ」と言われたと、当然のことのように玄人修業のきびしさを物語っていた。

花火大会の夜、四人そろって浜辺に繰りだしたものの人波にもまれ、結局フジ屋の二階の席にみんな腰を落ちつけることとなった。そこから花火を見ながら、桂がこんなふうに話しだした――「あの花火、あれを見ると悲しい気持がするとさっき僕が言ったでしょう。〔…〕美しいがはかない、或いは逆に、はかないが故に美しい、ここに日本の芸術の一番普通の特徴がある、桜の花の散りやすいのを愛したのと同じようなね。そういうものは過去の芸術、或いは過去へ向っている芸術だと言えると思うんですね。日本人は仏教的な無常観と、儒教的な死生観とを、血肉の中に持っている、それが芸術の中にも色濃く出ている。例えば、茶室がそうでしょう、〔…〕西芳寺や竜安寺の庭を見てもそういうことを感じる。〔…〕茶の湯がそう、あれはimpromptu《アンプロンプチュ》……茶や花や絵や茶室などが、人間と一緒に演技している即興劇で、僕なぞに言わせれば生花なんかと同じに、現在の瞬間の中に溺れているデカダンなものですよ。〔…〕それは人間的な生命の燃焼から生れたものではないから、アフロジッドや聖母を画くことから始ったヨーロッパの絵画とは本質的に違っている。だから過去へ向っている日本芸術とすっかり縁を切って勉強するためには、パリへ行くのが必須条件だということになるでしょう。」ここで道子のほうをむいて「道子さん分った?」ときいて言葉をつづける。「だから鎖《とざ》された芸術で、未来へ向って開いてはいない。つまりヨーロッパの精神とまったく対照的なもので、そこから出発することは出来ないというわけですよ。」道子がただちに「じゃ早くパリへいらっしゃれば」と単刀直入に切りこむと、桂は苦笑しながらこたえた。「それはね、もっと若い時に行けたらよかったんですよ、〔…〕日本の芸術は過去へ向っているというが、僕という人間自身がやっぱりそうなんですよ。」

　そのあと桂昌三と芳枝は、道子と久邇と離ればなれになったので、ふたりで夜の海辺を歩いていった。画家が、むかしは人生に絶望しても芸術には夢があったがとつぶやくと、「どうして御自分の芸術にそんなに絶望しておしまいになったの」と芳枝が訊ねる。「それはね、一種の宿命みたいなものでしょうね、僕たちの生きているこの因襲的な日本、伝統のないこの後進国、野蛮で、粗野で、羨望と嫉妬と野心しか知らない人間がうようよして、戦争好きの軍人たちが威張っている国、これが日本ですよ、そういう狭い框《わく》の中で、良心的な芸術家がどうやったら生きて行けるんです？」すこし間をおいて「三枝だって苦しんだでしょう」と画家が言った。「あの人は……お坊っちゃんでしたから」とこたえる芳枝。「奴には奴の苦しみがあったに違いない。芸術家というものは必ず苦しむように生れて来ているんです」と画家。「でもあの人は、わたくしの半分も苦しまなかったような気がしますの」という芳枝の低い声。自動車が転覆したというのは、おそらくは一種の自殺行為だったのではないかと画家は思う。「昔のことですけど」と、不意に芳枝が口を切った。「わたくしはあなたという方とお近附になって、芸術というものの厳しさが怖いように感じられました。〔…〕その頃は太郎がわたくしにふさわしいように見えました。〔…〕未来の外交官だって魅力だったし、……でも結婚してから、あの人はわたくしが子供の時から待っていた理想の夫《マリ》ではないことが分りましたわ。」だれだって結婚すれば苦しみはあると桂昌三がかばうと、「いいえ、苦しむのはいいんです、ただわたくしはもっと真面目に生きたかった、もっと本当に、もっと中途半端でない本当の生きかたが欲しかったのです」とせきこむように言葉をつづけ、「あなたはなぜあんなに不意にいなくなっておしまいになったのでしょう？　わたくしには分りませんでした」と、きびしく詰問するのだった。高等学校ですぐ心と心を許しあい、頭脳明晰でつねに自分を助けてくれ、芳枝を紹介してくれた親友の太郎に、彼女は疑問を持ちはじめているのだ。「間違いでした。パリへ行ってから気がつきました。何度も、昔のことを、あの夏のことを、思い出しました、でももう遅すぎたのです」

そして、なぜこんなに突然いらしたの、ではゴーギャンをご覧になりたいためでしたの、と身をよせて問いつめつづける芳枝を、桂昌三は燈台の光のなかで思わず抱きしめた。

「これが僕の一生を賭けて待ち望んでいたものだろうか、と桂昌三は心の中で訊いた。」ふたりはホテルの暗い室内のベッドに横たわっていた。身体を動かして芳枝が、眠そうに「わたし、十時過ぎには帰らなくちゃ、……道子がきっと寝ないで待っているから……」とつぶやく。桂昌三は思う。「ゴーギャンがヨーロッパの文明に疲れ、遠くタヒチへと逃れた時に、彼に新しい生命を喚び覚まさせたのはこのような女ではなかった。〔…〕しかし、今さら何を求めよう。この人、この、僕の手の中にすべてを委ねて眠っているこの人に、僕は一生を賭けてしまった。昔、僕がこの人を選択した（しかし失敗した）時に、僕が自分白身に課した責任が、僕の一生を決定して既に取られてしまった。責任を果すことに一生がある、僕が生きるための力を求めて再びこの人に会いに来た以上、僕はここでしか生きられないだろう……。」芳枝がなかばまどろみながらつぶやいた。「ねえ、パリへ行きましょう、パリへ行って二人で暮しましょう……。」パリ……、明るい光が昌三の内部を一瞬照らしだした。「もし新しい環境で、新しい気持で仕事をすることが出来るならばこの行き詰りから抜け出ることも或は可能かもしれぬ。〔…〕僕のように、謂わばもう祖国を失ってしまった者、地上の異邦人にとっては、パリはかえって暮しやすいかもしれぬ。長い間の道草生活で覚えた、漆や蒔絵《まきえ》などの日本的な技術が、助けにならないとも限らないし、……もし生きられるならば、生きよう、そこで、芳枝さんと一緒に……。」

そのときぼんやりしていたラジオのニュースの声が急に大きくなった。「国防軍……麾下《きか》の……日本時間」「……ポーランド兵を」「……全線にわたり………国境を越えて………」悪感が不意に彼を襲った。芳枝が眼を開き、何時？　ときいてもこたえなかった。桂昌三は唇をかたく結び、眼に見えぬ暗黒の一点を凝然と見据えていた。それからゆっくりと芳枝を振りかえって言った。「戦争だよ。」

6

それより数日まえ、道子が海岸で写生していたとき、昌三がうしろへきてじっと見ているということがあった。道子が「わたしはゴーギャンが好き」と言うと、「そうでしょうね。そういう絵だ」と画家がこたえたが、それが契機となって彼の耳許に、「ゴーギャンの選んだ題材が問題なのじゃない、その生き方、そこに問題があるんだ」という三枝の声が聞こえてきた。「彼のタヒチは、やはり文明人の見たタヒチにすぎない」と昌三が反論しようとしたとき、「しかし」という三枝の大きな声が響いた。そして昌三は道子にむけて「今になってみれば、僕にもむかし三枝の言ったことがよく分るような気がする」と言葉をつづけたが、「あの土人の女が、〔…〕画面の外にある眼に見えぬ世界をじっと見詰めているというのも……」と話しだし、はしなくも道子の『タヒチの女』をひそかに見たことが露見してしまった。そのときは昌三が貝殻で指を切るという出来事が出来して『タヒチの女』の件はそのままになった。だが昌三が出現して以来だれよりも深い好奇心を昌三にたいして抱きつづけてきた道子は、なにかと画家にばかり気をくばっている芳枝と自分との関係を、むかしとはまったくべつのものにしてしまう桂に不満を味わわされていた。それだけに桂が指の怪我で海岸から家へ帰ったあと、きあわせた久邇が桂は芳枝と結婚するつもりなのかときくと、ママンは芸術に関して「connaisseuse《コネッスゥーズ》」に違いないが、芸術家とはまるで別の世界に住んでいる人なのよと断言する。そして「ママンはいつでもヒロインになりたがって、舞台の真中にいなきゃ気が済まないんだもの、自己を犠牲にすることを知らないで、どうして人を愛せるでしょう」と、久邇に嚙んで含めるように言いきかせるのだった。そういう道子が、大事なゴーギャンをこっそり自分の部屋で見た桂を、家宅侵入罪で訴えることも辞さんばかりに腹を立てたのも当然のことだったろう。しかもその道子が、こともあろうに、そとから帰ってきてだれもいないはずの自分の部屋の扉をあけ、そこに『タヒチの女』のまえに釘づけになっている桂昌三を発見したのだ。

「やあ、悪いことをしました。どうしても気になるものだから、ついね……」と、われに帰った画家が目のまえの道子に言葉をかけてすぐにつづけた。「これは確かに立派なタブローに違いない、しかし一体なぜこの絵が見る者にこんな強烈な印象を与えるのか、絵そのものの持つ表現の力、現実を再表現した技巧の点にすぐれているのか、それとも画面がその題材として持っている文学的なものとの交渉、謂わば現実が見る者の内部に働きかけるポエチックな、象徴的な味わいによってすぐれているのか、その辺が僕にはどうも気になってならなかった、それを僕の中のデモンが、否応なしに解決を求めるものだから……。」画家の気力に押されて「はいっては厭だと言ったでしょう?」と、道子が弱々しく抗議するのにたいして、画家は「自分で自分を制し得ない demonisch《デモニッシュ》 な力」を持ちだし、さらに道子の亡父とともにゴーギャンに抱いていた疑問までぶつけたのである。「道子さん、僕はね、こういうふうにあなたのお父さんぐらいの年でしょう、それがあなたぐらいの年頃からずっと絵を描いて来た、僕はこういうゴーギャンのような行き方じゃなくて、表現というものがただ絵にだけ特殊の方法で、つまり他の芸術のジャンルと一切関ることなしに、謂わば純粋にですね、絵の極限にまで行くことは出来ないだろうかと考えて来た。……純粋な絵画、絵のための絵、それはアブストラクトの方向へ行かないでも、例えばセザンヌなんかは純粋だった、そういうものを自分でも窮めたかった。〔…〕僕はこういうゴーギャンのようなポエチックな処理というものが分らなかった。〔…〕絵というものは僕の一生を賭けた仕事だったが、その絵というものを、直接に人生に関らない、もっと純粋な、もっと抽象的なものと思って長い間仕事をして来たんです。そして最後に来たのがどうにもならない行き詰りだった。」そこで桂は言葉を切り、しばらく沈黙したあと一呼吸おき道子を見てつづけた。「……そこでこのゴーギャンですがね、これを最初に見た時に、この中に人生の謎が隠されているような気がした、このマオリ族の女の表情の中から、僕が探し求めている人生の目的のようなものが分るんじゃないかという気がしたんです。」「でもこのゴーギャンはわたしのものよ」と道子がはげしく画家をさえぎった。「それはそうだけど、しかし一つのタブローが人に与える意味というものは、……」と昌三がつづけたが、無断で室内に入ったことをあやまろうともしない相手への強い怒りが道子のうちで爆発した。「これはわたしのものよ、このタヒチの女はわたしのものよ、〔…〕この女が見ているものはわたしのものよ、わたしは誰にも、誰にもあげないことよ」と叫ぶ。「あなたはデモンのせいでこっそりゴーギャンを御覧になるの、デモンのせいでママンがお好きなの」と、昌三をにらみつけた。次の瞬間、「絵を見ちゃ厭」とふたたび叫ぶと、壁ぎわの筆立用の壺からパレットナイフをつかみ、あっと思う間もなく、それを逆手に持ち、ゴーギャンの絵のまんなかに思い切り突き刺した。「死んだような沈黙が落ちた。」

画家の大きながっしりとした掌のなかで、道子の腕はもうすこしも動かなかった。生気のない身体がいまにも倒れそうになって、やっと画家の手に支えられているようだった。桂は道子を椅子にはこび、絵からパレットナイフを抜き、じっと傷ついた絵を見守った。さっき道子が部屋に入ってくるまで考えていたことが、意識の閾に昇ってきた。「タヒチの女が凝然と画面の外に見詰めていたもの、――それは死だった、あらゆる情熱と本能と希望との中に潜んでいる死、静かな憩いとしての死、現世の彼方に、現世と少しも変らぬ様相のまま、より浄化され、より透明な光線に包まれて横たわるNirvâna《ニルヴァーナ》、一切を超えて永遠の生につながる涅槃《ねはん》だった。そしてタヒチの女は、些かも動じることなく、冷たく、死を眺めている。それは、言い換えれば、この女が生きていることだ、彼女は死を見詰めて生きている、死を見詰めるが故に、この上もなく生き生きと、逞しく、生きている、このタヒチの女……。」

「それが今、生は尽きた。胸もとを刺したパレットナイフが、彼女の生の焔《ほむら》を一息に吹き消した。恐らくはこの一枚のゴーギャンが、未知の謎を湛えて生の象徴のように絶望の内部を照していたのに、今、光は瞬時に消えてしまった。破かれた画布、それは畢竟、一個の死せるものにすぎない、もう何ものをも照さず、何ものをも救うことがなく……。」

桂昌三はすすり泣く道子のまえをとおって、しずかに部屋を出ていった。

「戦争だよ、」夕暮れの海岸の道を歩きながら桂昌三がぽつんと言った。「どうしても駄目ですか」と久邇が訊ねると、「大きくなる一方だろうね」とこたえてから、「僕は明日の晩帰る」と唐突に告げた。驚く久邇に、「明日ね、お別れに芳枝さんが御馳走してくれるそうだ、そのあとの汽車で東京へ帰ろう」とつづけた。何か急な御用事でときかえされて、「僕みたいな風来坊に用事なんかないさ、とにかく東京へ帰ってみる気だ、それからどうするか」と、言葉をにごした。そしてあらためて真剣な表情を向けている久邇にこう話しだした――「戦争はとうに始っている、日本が満洲で口火を切ったんだ、それからイタリアがエチオピアを侵略した。〔…〕もう三年になるが、フランコの叛乱でスペインが二つに割れた。ヨーロッパやアメリカでは人民戦線軍に投じるインテリの数が次第にふえたし、文学者も画家も、それに民衆も、みんな遠くから一つの気持で戦っていたのだ。しかし日本では、それは対岸の火災だった、そして僕たちは何一つ出来なかった。それから一昨年になって蘆溝橋だ、暴支膺懲《ようちょう》とかいって、シナでの戦争は日ましに大きくなって行く一方だ。それなのに本当に戦争を苦しんでいる人、戦争を悪だと考えている人が何人いるだろう。〔…〕大体僕がポーランドに同情したところで、現にシナを苛めているその日本人の片割れなんだからね、シナでの戦争さえもどうすることも出来ないでいて、それでポーランドに同情する資格なんかある筈はないのさ。」

「どうなるんでしょうね、それで? もうピアノなんか何の役にも立たなくなるんでしょうか?」桂は銃をとることもできそうにない久邇の華奢な手を見た。

「ヨーロッパ文化か、〔…〕そうだね、文化はきっと根柢から覆されてしまうだろう、この前の大戦ですっかり傷めつけられた文化だから、またもう一度戦争になったら根こそぎ駄目になってしまうかもしれない。〔…〕ヨーロッパ文化は十九世紀が絶頂だったのかもしれないから、どっちみちもう降り坂なんだろう、〔…〕しかしだね、決して滅び去ってしまうことはないと思うんだ。ヘレニズム以来の伝統は根強いものだ、とことんまで行って生きかえる時が、本当の文化なのだ。〔…〕問題はやはり、この僕たちの日本だろうね、ヨーロッパが戦争になったらこの日本がどうなるか、それの方がよっぽど心配だね。どうやら戦争に勝ち続けて一等国だと威張っていられる間はいい、しかし明治維新以来の借りものの文化が、いざという時に独り立ち出来るかしらん。戦争になって日本が孤立してしまえば、その文化が果して活力素になるかどうか怪しいものだと思うのだ。〔…〕こういうことは、結局、日本固有の文化の問題だろうね。」

ここで息をつぎ砂浜に腰をおろした桂昌三は、独自の日本文化論を展開する──「日本の文化は、平安朝時代に華々しく開花した。それは古代文化とシナ文化との集大成で、そのシナ文化の中にはペルシャやインドから東漸した文化が含まれていた。そこにはギリシャの影響さえある。つまり平安朝文化は一種の世界文化で、〔…〕それが源平の乱ですっかり頽《くず》れ、惨澹たる暗黒時代を迎えた。そうして室町の文化が来た。〔…〕室町文化は決してルネサンスではなかった、それは〔…〕平安朝文化に対する反動だった、貴族文化に対する庶民文化、暖色の文化に対する寒色の文化、暗い、うそ寒い、非個性的、象徴的なものだ。〔…〕これはもう世界文化ではなく一つの地方文化にすぎない。しかしそれでも、確かに、これは日本的な、とにかく文化というに値するものだった、〔…〕しかしそのあとで、一層厳密な実験を試み、完全に外に開く窓を鎖《とざ》してしまい、ただこの文化だけを培養してみたところ、その結果は創造的な精神というものがどんどん萎縮して行っただけだった。〔…〕そうして明治維新になった。今まで持っていたものは何の役にも立たぬ、というので外国の文化が、つまりハイカラなものが洪水のように流れ込んだ。〔…〕遠いヨーロッパの文化という、まったく異質のものに復ろうとしたのだ。伝統のないところに無理にも接木しようとしたのさ。そしてこの新しい実験は現に進行中なのだ。小型の、独り立ちの出来ないような、幼い文化だ。しかしこれから本ものになれるかもしれないという見透しはある。〔…〕それが自分じゃもう大人のつもりでいる……。実際思い上っているんだろうね、この日本は？　鎖された文化、天皇崇拝、神道、家族制度、武士道、……万邦無比の国か。」

久邇がおずおずと口をはさんだ。「芸術家というのは戦争になったらどうすればいいんですか？」画家は新しい煙草に火をつけて少年を振りかえった。「芸術家は常に未来の作品のために生きているのだから、その間に内心の、創造の樹液を枯らしてしまったらお終いだ。常に未来を用意して、いつかは必ず立派な樹木にまで成長しなければならない。だから沈黙することもむつかしいし、沈黙してなお内心の焔を絶やさないということもむつかしいのだ。」

少年にはいまはつぎつぎと疑問が湧いてくる。少年はきく。「それでね、僕が訊きたいのは、一体どこからそういう創造する力が生れて来るのか、ということなんです。作品を生み出す力は何なのですか？」

画家は一息煙草を吸いこんでから、吸殻を夕闇のなかに投げ捨てた。「君はむつかしいことばかり訊くね、〔…〕作品を生み出すものは孤独じゃないんだろうかね。孤独、……これは僕の経験から出ているので、或いは違っているかもしれないが、僕は孤独から創る。自分の孤独の中で、たれ一人助ける者もなく、踠《もが》き苦しんで何とか逃げ出そうと試み、逃げて行く場所は何処にもないと分って夢中になってこの孤独と格闘する、そこが僕の創造の場なのだ。自分の中の空白なものを埋めようとする気持、孤独の重圧から自分を解放しようとする気持、しかも決して孤独が厭なのじゃない、ただいつでも孤独を意識しているから、作品によってせめてこの孤独を暖めようと思うんだね。」

「でもその源に、愛がなることはないでしょうか？」と少年。

「確かに充ち溢れるような愛から創造する芸術家もいる。つまり二種類の芸術家がいるわけだ。孤独から創る者と愛から創る者と、奪う者と与える者と、自分のための芸術家と他人のための芸術家とだね、〔…〕僕はギリシャ神話のプロメテのように、自分の不幸を禿鷹に食わせながらこの貧しい芸術を育てて来た、〔…〕愛している時でさえも、いつも苦しみばかり感じていたのだ……。」そこで昌三は久邇に、「君は道子さんが好きなのだろう？」と問い、低い声で言い添えた。「愛するということの意味が分るまでには、長い時間がかかるよ。(2)」

ふたりとも黙りこくってすっかり闇につつまれた。そのとき桂昌三の眼のまえに「颱風の吹き過ぎたあとの荒れ狂った海」が浮かんだ。つづいてどこまでもつづく砂丘、老いた祖父母の声、幼馴染の小学校の生徒たち……「僕を育て、僕を決定した風土はそれだった、……その暗い絶望的な意識、魚くさい土間、またたいている洋燈《ランプ》の灯、小さな机の並んだ小学校の教室、雪を帯びた連山、凍りついた塩からい空気……。」

「ああすっかり遅くなったね、もう帰ろう」と画家が立ちあがり、独りごとのように、「僕は故郷へ帰ってみるつもりだ」とつぶやくのを久邇は聞いた。「一陣の風のように過ぎて行く燈台の灯の中で、画家の顔が或る強靭な意志を表しているように、久邇にふと感じられた。」


桂昌三のお別れの会は、いくどか四人きりで内輪に催した晩餐とたいして変わったものではなかった。食事がおわると芳枝が、「皆さんお帰りになると寂しくなりますわ」と言い、久邇が、「いっそ東京にお移りになればいい」とすすめると、「本当に。ちょっとと思っていたのがすっかり住み着いてしまって……。何処かへ行きたいと思いますわ」と芳枝が引きとった。けれども道子が素っ気ない調子で、「あたしは厭よ、あたしは何処へも行きたくなんかないから」と言い張ったので、「いっそパリへでも行こうかと思う」とつづけたかった芳枝は口を閉ざした。

三人のやりとりを黙って聞いていた画家が、「いつかピアノを弾いてくれると約束したね」と、不意に久邇のほうを向いて『月光』を所望した。久邇は第一楽章を弾きはじめて前日桂が芸術について語った言葉を思い出した。そしてあらためて一夏を振りかえり、「この愛の記憶、この美しかった夏、この美しい未知の風土、ゆるやかに、ゆるやかに、充分の音量を保って、僕たちはきっと生きられる」と、心のなかで道子に呼びかけていた。第二楽章に入って、「わたしは晩い夏の夕暮のこの静かな時間が好きだ」と、芳枝は思う。「この夏だけは愉しかった、〔…〕むかし太郎と約束をした夏が愉しかったように、しかしもっと明るく、もっと悦ばしく、この夏の記憶だけが……、〔…〕わたしは長い間眠っていたのだ、太郎が死んでからの長い長い間を、いいえ、ひょっとしたらその前から、もっと昔の、初めて桂さんをお識りした頃から、わたしはずっと眠っていたのかもしれない。〔…〕桂さんがいる限りわたしはもう幸福だ、わたしたちはパリへ行こう、行って美しい夢を描こう〔…〕。」しかし道子は先刻からなぜ『月光』なのだろうかと考えつづけていた。「そこに何かしらわたしの知らない意味があるに違いない、恐らく桂さんの生きかたの中に、この音楽と切り離せないものがあるというような。」第三楽章になって道子の頭は桂のことであふれかえった。「速く速く、生は疾風《はやて》のように過ぎて行く、疾風のように過ぎて行く、でももう遅いのだ、〔…〕あの時わたしを御覧になったあの暗い、心の底まで沁み込んで来るような眼、わたしが傷つけたのは絵じゃなくて桂さんの眼だった、怖い眼、じっと、悲しげに、訴えるように、わたしを睨んでいた眼、しかしそれはわたしではなくわたしの背後にあるものを、もっと遠い、人間の眼に見えぬもっと先のものを、じっと見詰めていた眼なのだ、その中では二つのものが争っていた、意志と絶望と、欲望と後悔と、そして恐らくは生と死と、いつか桂さんがおっしゃったこの第三楽章の二つの主題のようなもの、それがあの人の眼の中で影のように踊っていた、それを見たのはわたしばかり、わたしだけが知っている、〔…〕あの人はもう生きる気がないのだわ、絵を描くことにも、愛することにも、もう何にも本気でやる気がない、あの人の眼は最初から生きようなんて気の全然ない眼だったのだ、深淵のように呼んでいる、〔…〕桂さん、あの人はきっと死ぬ気なのだ、〔…〕誰にも分っていない、誰にも助けることは出来ない、桂さんはもうお立ちになる、〔…〕もしわたしが喧嘩しているのでなければ、〔…〕もう遅い、遅い、深淵のように呼んでいる、もうどうしても引きとめることは出来やしない……。」

曲のおわった沈黙のなかで、道子が芳枝にいわれて台所に立ち、帰ってきて電気のスイッチに手をのばした。「その時だった、この放心した、物に憑かれたような道子の瞳の奥に、久邇はまったく自分とは無関係の、「他人」の眼を見た。自分があれほど道子を愛する思いに包まれてピアノを弾いていた間じゅう、この人の考えていたのはまったく別のことだった。〔…〕

一体どうして？　何を？　なぜ？　分らない分らない、ただこの人は決して僕を愛してはいない――そのことだけが異様に確実な印象となって、何を？　なぜ？　幾つもの疑問符が踊るように錯綜する意識の中で、ふと両肩に落ちて来た重味のように、久邇は重たくこの絶望を量っていた。」

7

画家が出発したあと荒巻別荘に残された道子と芳枝を描きだすのが、最終章「悪夢・回想」である。

道子は広いがらんとした部屋のすみに立って大きな窓のほうを見ていた。すると黒衣のちっぽけな三人の老婆が窓から室内に跳びこんできて、壁にかけてある『タヒチの女』を壁から引きはなし額縁をこわしはじめた。急にこわくなって道子は階段からそとへ出て、密林のなかを駆けぬけた。すると眼のまえに小さな火山島の風景が開けてきて、バナナが房々とした果実をみのらせている。その木蔭に、さっきの三人の老婆がゴーギャンの絵を抱えてこちらむきに立っていた。どうしても取りかえさなくちゃと近づくと、老婆は消え、絵だけが砂のうえにおかれてある。そういえば、あたりは絵の風景そのもので、絵の中央には自分を映したようなタヒチの女が描かれていた。絵を起こしてみると、土人の女の乳房のしたにパレットナイフが突き刺さっている。そしてその女が絵から抜けだして大股で近よってきた。道子は「ママン、ママン」と呼んで逃げだしたが、女はどこまでも追ってくる。やがてタヒチの女が見えなくなり、「ママンはここにいますよ」という声がして、自分は寝台に寝ていた。だがそのママンのうしろから、たしかにパレットナイフの刺さったタヒチの女も自分をにらんでいる。わけがわからなくなって道子はふたたび逃げだした。しかしいまやママンはタヒチの女を押しとどめるどころか、一緒になって道子を追いかけてくるのだ。山道にかかって道子は、どうしていままで忘れていたのだろうと思い出して、「桂さん、助けて」と叫んだ。すると桂が道子のわきに立ち、タヒチの女のまえに手に持った黒い枠のようなものを突きだすと、タヒチの女はそのなかに入ってしまった。「ほら、もう大丈夫だよ」といわれて見ると、そこには額縁におさまったゴーギャンの絵がある。「僕はこれを持って行くよ」と桂が言い、ふたりは歩きだした。桂はタヒチの伝説では人間は甦らないと話してから、「君は今来た道をお帰り、〔…〕生きている人たちの間に、分ったね？」と命じた。道子は同意しなかったが、「駄目だ、僕は死んだ人間なのだ、君と一緒に行くことは出来ない。もう遅すぎるのだ」と桂は冷酷で、道子は桂にとりすがって、「もしどうしてもあなたが行くのなら、あたしも一緒に行きます」と訴えた。走りだした桂はもう振りむきもしない。「あたしはこの人を愛している、だから何処までもついて行くのだ、そう思いながら道子は、月の光の射している夜道を、桂の後ろ姿を追いながら、一心に走って行った……。」

道子の「ママン、ママン」といううなされた声に、夢想にふけっていた芳枝は身体を起こして隣の道子の部屋に入っていく。娘の身体に手をかけ、上半身を仰向けになおしてやり、「もう大丈夫よ、ママンがいますからね」と、芳枝は言った。ふたたび寝息をたてはじめた道子を見ながら、道子とふたりだけで帰ってこない太郎を待っていたパリの夜々を、太郎の死後の不安なパリの日々を、芳枝は思い出した。「わたしはいま自分のために生きる、それが本当の生きかたなのだ。太郎が死んでからの空しい時間、自分をかえりみずただ道子のために費されたこの十年間を、〔…〕今こそわたしは取り返さなければならない」と思う。そして、「わたしたちはパリへ行こう、〔…〕桂さんのような天才肌の芸術家がパリにいらしったことがないというのは、本当にお気の毒なことだ。あの人はもっともっと腕ののびる人、きっと素晴らしい絵の描ける人だ。わたしはパリへ行って、あの人を本当の、立派な画家にしなければならない。モジリアーニの妻のように。たとえどんな苦しいことがあっても、あの人の芸術と、わたしの幸福とを、パリの生活の中に賭けよう。」

芳枝はパリでのふたりの生活費として、麻布の本宅を売れば足りるかしら、いざとなったら太郎の印象派のコレクションを手放そう、道子はどうしたものかと、具体的なことをさまざまに思いめぐらしはじめた。だがふたたび「太郎はなぜ死んだのだろう」というひそかな疑問が立ち帰ってくる。そういえば、太郎の愛人だったモデルのサラアは芳枝のまえで、「この人の考えているのが何だか分る?」とききと、「Non, il songe à la mort」(この人は死ぬことを考えている)としわがれた声で告げたのだった。

「桂さん、桂さん」という声にびっくりすると、眠ったまま苦しげに蒲団のはしをつかんでいる道子だった。芳枝はふたたびパリの回想に沈んでいった。戦争? どうして桂さんはあんなに戦争のことばかり気にするのかしら。フランスにはマジノ線があるから、ドイツは攻めることができない。大丈夫、きっとうまくいく。

「――もう秋だわ。

芳枝はそう呟き、窓を締めた。硝子戸を越えて、明るい月影が芳枝の蒼白い顔を照し出し、道子の寝台の足許へまで、水のようにさらさらと流れ込んでいた。」

8

一九三〇年代末の青年たちにとって、当時『旅愁』を新聞・雑誌に連載していた横光利一がいかに大きな存在であったかは、加藤周一の『羊の歌』に出てくる、横光利一を第一高等学校に招いておこなわれた講演会のエピソード(3)を読めばわかる。西洋の近代に対抗する日本文化をめぐり折に触れて考えてきた横光だったが、その問題こそ、未完だとはいえ作者の死ぬ一九四六年まで書きつがれた、畢世の大作『旅愁』の主題にほかならなかった。『旅愁』のなかでヨーロッパに赴き、人民戦線が勝利を占めた一九三六年のパリにおいて、友人の久慈と議論をかさね、その問題を考えつづけた主人公矢代は、帰国後日本国内を旅してさらに思索をかさね、最後には西洋の近代に対抗するため日本の古神道への回帰を唱えたのだった。わたしは二十三歳の福永武彦がほぼおなじ時期におなじ主題をみずからの小説に取りあげようとしたことのうちに、青年福永の横光利一へのなみなみならぬ関心と、横光への反発とを認めたいのだ。

とはいえ、『旅愁』全篇の基礎となっているのは横光自身の一九三六年の渡欧体験であって、そのような現地での見聞が当時の学生の福永に可能なはずもなかった。そこで福永がみずからの小説のため案出したのが、両次大戦間の日本におけるもっともモダーンなブルジョア家庭に舞台を持ってくることであった。そこのひとり娘芳枝をめぐる相対峙するふたりの青年がついで設定される。ひとりは、外交官志望で絵も描く典型的なブルジョアの都会青年三枝太郎、もうひとりは、太郎と高等学校で親友だったということ以外、生まれも育ちも太郎とは対蹠的な画学生桂昌三である。緒戦の勝利者は太郎で、晴れて外交官として芳枝をつれてフランスに赴任する。他方、敗北者の昌三は荒巻別荘から姿を消す。その昌三が留学にも失敗した落魄の画家として十六年後別荘にあらわれるところから、福永の構想する近代日本と西洋という主題が展開していくのだ。手短かにいえば、昌三がいまは亡き太郎の同伴者芳枝にみずからの独自な立場を理解させ、パリで画家として認められた勝利者太郎を芳枝に否認させる。その一時の勝利を可能にしたのが、落伍者の深い反省からもたらされた昌三独得の文明史観だったと言ってさしつかえあるまい。

すでに冗長と思われる危険を冒してまで桂の文明史観を詳しく引用紹介してきたが、ここではあらためて桂昌三自身に光をあてておきたい。

桂昌三は、彼自身の告白によれば、絵画だけの方法で純粋に絵の極限にまで達することができるとかたく信じて研鑽をつんできたものの、いまは完全に行きづまってしまっている画家である。その彼は別荘で道子が亡父の形見としてだれにも見せず大切にしているゴーギャンの絵をひそかに見て、「ゴーギャンは絵の中に自分の生活を持った」ことに気づき、ゴーギャンにならってみずから再生することに賭けようとするが、その絵は道子によって破壊され、行きづまりからの脱却には失敗する。しかしながら、『風土』のなかで画家としての桂昌三には、二義的な位置しかあたえられていない。桂の作品なるものは、昌三の批判する太郎の絵とは異なって、作中にあらわれることすらない。いやそもそも一九二三年から十六年間の彼の生活は、

『風土』全篇をつうじてまったく空白のままだ。それでいて彼はあらゆる機会に、洋の東西を問わず、絵画から文化一般、さらに社会についてまで、おのれの蘊蓄を傾け、つねに他の三人を主導し、この作品の牽引車の役割をはたしている。読者はそれを、作者も桂自身もけっして語ろうとはしない十六年間の研鑽の結果と思いこまされているにちがいない。それにしても桂昌三は、ゴーギャンの絵をまえにしてみずからの煩悶について洩らすにせよ、それ以外の事柄について作中で思索をかさねることはない。その該博な知識と同時代の社会文化にかかわる見聞の広さにもかかわらず、その雄弁は、すでにひとり思索した結果を一方的に伝えるといった堅苦しさをもっていることは否定できない。

心ならずも桂昌三の十六年間の過去にかかわる沈黙と一九三九年夏現在の雄弁とのあいだの齟齬を取りあげることになってしまったが、その齟齬の原因は、作者福永武彦が、その十六年間の空白を、『旅愁』の矢代の一年間の滞欧体験とあえて等価なものにつくりあげようとする冒険に挑戦したためだと、わたしは考えたいのだ。

わたしはここでまず、福永武彦が浪人中に映画批評コンテストに入選して一九三九年大学入学とともに専門誌『映画評論』の正式同人となり、大学卒業まで映画、演劇批評に健筆をふるっていた事実に注意を喚起したい。そのうえで桂昌三が『風土』で展開する文明批評のいくつかが、『１９４６・文学的考察』のＦの議論と論調が重なりあうことも見落としてはなるまい。

すなわち福永武彦は、自分をめぐる日本の、いや世界の社会状況から文化の動きまで、つねに目を配り思考をかさね、鋭い感覚につらぬかれた独自の批評的視点をけっして見失うことはなかったのである。とりわけ世界史の転換点といえる一九三九年における日本が、社会的にも文化的にも完全に袋小路に追いこまれているという危機意識をだれよりもつよく抱いていたのであって、そのような時代へのはげしい怒りこそ、この青年にきびしいラディカルな文明史観をもたらし、その文化史観がそのまま桂昌三の文明史観となったとみることはできないだろうか。何よりも日本の存在そのものに対する峻烈なこの文明史観が、日本とフランスとの文化の差異だけについてもっぱら関心を向けていた矢代が旅から持ち帰った比較文化論にかわるものとして、『風土』には描きだされたのだった。

桂昌三の他人の容喙を許さぬ、せきこむような性急な口調は、まさに一九三九年という時代への作者の思いそのものからきたものにちがいない。このように福永は、日本文明批判において、すでに妥協をいっさい排した独自のものを、敗戦を待つまでもなく若くしてわがものとしていたのである。そして西洋との対比におけるこの日本文明批判こそ、福永が横光に対抗して展開しようと何よりも望んでいたものだったとわたしは思う。だからこそわたしは、桂昌三の文明史観におおくのページを割いたにほかならない。

『旅愁』の矢代は、最後に日本の古い祠の本体である「幣帛《へいはく》」に象徴されるものをもって西洋の近代に対峙しようとするのであるが、ゴーギャンにならっての再生の夢も破れた桂は、第二次大戦開戦を機に荒巻別荘を去るにあたり、ひそかに久邇少年だけには北海の故郷への帰還を仄めかした。してみれば、桂の日本文明史観と矢代の比較文化論が正反対の方向を向いていたにもかかわらず、日本回帰という結論においてふたりが一致することに怪訝な思いを抱かされるかもしれない。けれども『風土』では、横光より二十歳若い福永は、芳枝や昌三よりひとまわりしたの十代の三枝道子と早川久邇のふたりを創造して、桂昌三の出発のあとに最終章として「悪夢・回想」をおき、袋小路から脱出する未来を示唆することを忘れなかった。

母親とは対極的に頑固で思慮深い道子は、父の親友だった昌三にひとかたならぬ興味を抱き、昌三の去ったあとの夢のなかでも画家を執拗に追いつづける。そして『月光』の演奏のあと道子の心が自分に向いていないことに気づく久邇が、芸術を生みだすものから時代にたいして芸術家のとるべき姿勢まで、桂昌三からもっともおおくのことを学んだことに間違いはない。それこそ戦時下福永自身が生のクレドとしたものだったとみてもいい。そのようなふたりが第二次大戦ちゅう日本でどのように生きていったか、それがけっして古神道に回帰するものでなかったことだけは明言できるであろう。まさにこのふたりの存在によって小説は遠い未来にむかって開かれ、その意味でまさしく『風土』は『旅愁』に立ちまさるのであって、あるいは福永武彦が、近代日本と西洋という横光利一とおなじ主題をあえて取りあげたのも、『旅愁』へのアンチテーゼを提起しなければならないという使命感からだったかもしれない。

むろん芳枝の天性ともいえるフランス病が癒えるのは困難かもしれないが、その芳枝も含めて桂昌三を囲む道子と久邇四人の一九三九年のセナークルは、一九三九年の日本の時代の風潮にはけっして同ずることなく、はるか未来まで遠望して自立した思考を働かせ、それぞれ信じるところにしたがって生きていた。まさに時代に抗するひとつの知的風土を死守していたのである。それがすでに過ぎさった過去であるにせよ、新しくはじまったばかりの戦後という未知の時代のなかで、あの危機の時代を生きた自由の最後の砦を振りかえることが、新しい一歩を確実なものとするためぜひ必要だと福永は戦後痛感したからこそ、戦時中二十三歳で構想したこの作品を、さまざまな困難にも負けず十六年もの歳月をかけ完成させたのにちがいない。あえて言えば、福永武彦にとって、『風土』を書きあげねば彼の戦後ははじまらなかったのである。

9

中村眞一郎は戦時中を回顧した「『高原』の頃」（『高原文庫』八号、一九八八年）のなかで、「第二次大戦中〔…〕二十歳代の半ばの私や福永武彦は、「私小説」の支配する日本の文学的風土のなかに、西欧風の本式のフィクションである長篇小説を確立することを夢み、私はプルーストによる、無意識的記憶のなかを徨いながら、ひとつの社会の幻影を作り出すという仕事を」こころみ、「福永の方は、堀さんの『聖家族』をもっと大規模にした、そしてジュリアン・グリーン風に深刻な心理の地獄に沈んで行く、しかしアンドレ・モロワの小説のように、形式的に整った長篇を夢みて、『風土』という大作に取りかかっていた」と書いている。中村が福永より三年おくれて書きだした『死の影の下に』五部作の第一巻『死の影の下に』は、敗戦時には完成していて堀辰雄の手許にあり、戦後中村は『シオンの娘等』から一九五二年の『長い旅の終り』までをひきつづき執筆し、八年の歳月をかけて『死の影の下に』五部作を完成させた。

この五部作は簡単に要約すれば、こうなろうか。作者の分身ともいえる内省的な城栄の幼年時代の回想ではじまり、少年時代に心に描いていた幻想的な大人の世界が、父の死後の思春期のなかで華やかに変化していくが、やがてきた戦時下の現実によってそれがひとつひとつ妄想にすぎなかったことが暴露され、かつての夢の高原の避暑地も平凡な田舎町にもどっていくばかりか、いまは主婦としてその疎開地ですごしているかつての「シオンの娘等」も、「夏、避暑に来ていた時とは比較にならぬほど、緊密に交らせている」戦争のおかげで、「つまらない卑小な女になり終ってしまった」ことを認識する。そして敗戦を契機に、「人生の傍観者」であった城栄が「行動者」へと甦生していく——そのような小説だと言えるだろう。城栄の手記としてはじまったこの長篇は、巻を重ねるごとに、書簡、内的独白、三人称形式、対位法など、西洋前衛文学の小説手法をつぎつぎともちい、舞台も、東京から高原の避暑地、温泉場から駿州の田舎、はては上海まで移動して城栄の生長のあとを追っていく、きわめてダイナミックな小説としての多様性にその大きな特徴があった。

それにたいして、登場人物がきわめてすくなく、人物の登場し活動する場も房州の海辺の別荘とその周辺だけにかぎられ、関東大震災直前から第二次大戦開戦までという時間の枠のなかにきっかりおさめられた、均衡のとれたひとつのスタティックな古典的小説であるのが『風土』であろう。そうしてみればこのふたつの長篇小説は、まさしく対照的な作品だと言わなければならない。もっともそうはいっても、『風土』においても、すべての事象や人物はかならず対位法にしたがって配置され、小説そのものの要請によってときには斬新的な時間編成もおこなわれるなど、新しい小説の冒険は着実におこなわれているのであって、そうすることで桂昌三の文明批評を軸に展開するこの異例な内容の作品を、小説という形式のなかに破綻なくきれいにおさめ、ともかくも細部までじゅうぶん計算しつくされた堅牢な客観小説に仕上げられているのだ。

『風土』以後の福永武彦のほとんどの長篇小説が、主人公ないし話者の内面に沿って作品が展開していくのにたいして、最初の小説がこのような古典的なかたちで世に問われたことのうちに、その主題の作者福永武彦にとってのなみなみならぬ重さが秘められているのかもしれない。

注

（1） 福永武彦「『ゴーギャンの世界』後記」（『福永武彦全集』第十九巻、新潮社、一九八八年）

（2） この部分であえて引用しなかったが、桂が久邇にたいして、「風土」について語るところがある。和辻哲郎が世界の風土を「牧場」型と「沙漠」型と「モンスーン」型にわけたこと（和辻『風土』一九三五年）に言及したうえで、「僕たちは一人一人が違った風土を持っている」と述べ、そのあとの五章「月光」では、久邇が演奏しながら桂さんはきっとモンスーン型、「小母さまも、牧場型かしら」と考える。つまり和辻があくまでも世界の文化の類型として考えていたものがここで安易に個人の類型におきかえられていることに、わたしは大きな異和感を抱いたゆえあえて触れなかった。この類型はひろく世界文化の類型として知られているものだからだ。しかも「風土」という言葉は福永の小説の表題としても有名であるだけに、それは思わぬ誤解を招かぬともかぎらないだろう。なお表題はじめ小説の文中にも他にも「風土」が頻出するが、それらはあくまでも和辻の「風土」ではなく、普通名詞としての「風土」である。

（3） 横光利一の講演を企画したのは加藤周一で、『羊の歌』によれば講演は大教室でおこなわれたが立錐の余地もない盛況だった。講演のあと加藤ら十五人が横光を囲んで座談会を持ったが、西洋の物質文明と東洋の精神文明に議論が集中し、みそぎの精神は民族の心だと横光が語るにおよび大混乱となった。戦後加藤は横光と親しかった中島健蔵に、「横光はおまえたちが殺したのだぞ。駒場でおまえたちにやられたのが、よほどこたえたらしい」と言われたとある。

II　歌のわかれ

1

福永武彦の第一詩集『ある青春』は、一九四七年七月、北海文学社より上梓された。その巻末につけられた「ノオト」に、福永はつぎのように書いている。

「この中に含まれる最も古い詩は一九三五年に書かれ、最も新しいものは一九四三年の初めに書かれた。これが十七歳から二十五歳に至る九年間の僕の殆どすべての詩作であり、僕の悲しい青春の形見である。〔…〕僕達の世代は希望の無い青春を生きた。それは戦争の前の重苦しい時代であり、人間の権威は喪失され、嘗て青年達の希望をつないだ左翼運動は既に崩壊し去つてゐた。僕達には頼るべきものもなく、自分の影を相手として一人歩かねばならなかつた。〔…〕従つて僕の詩は、すべてこの時代の一つの魂の記録である。」

開巻劈頭に「若く死んだ人たちに／ふるさとへ帰りし人や冬の蝶」という献辞をおく、二十篇の作品を収めるこの詩集を、あえて作品の一端をもって語らせるとすれば、一九三六年春伊豆の西海岸に合宿したときの作品とのちに福永自身解説している（「詩集に添へて」、『福永武彦詩集』一九六六年）、「ひそかなるひとへのおもひ」の第一連を引くこととなろうか。

ひとりぽつねんとこの手すりに凭れ
ひそひそといふ水音に貝がらの耳をあてよう
むかしのあこがれはまたさながらに戻つてきて
暗いうたかたに咽び泣いてゐる
灯のともつた鐘楼からのひびきは黄昏《たそがれ》にこだましても
椿の花はもうこの流れを流れてはこない

過ぎさったものへの郷愁を息の長い詩句によって、読むものの心に滲みいるように歌うこうした抒情こそ、この第一詩集全篇をつらぬく特色だと、わたしは思う。むろんそれも、あきらかにボードレールやマラルメを知ったのちと思われる、「ある青春」「海の陽の下に」など後期の詩篇になると大きく変化していくのではあるが。

福永武彦の詩に決定的な変化をもたらしたのは、福永が東大仏文科に入り、鈴木信太郎教授の教室で、フランス象徴派の詩の分析を徹底的に学習させられたことであろう。おなじ経験を中村眞一郎も折に触れて語っているが、中村はそこから日本語の定型詩創作の必要に目覚めたのであった。こうして中村に同調した福永はじめ、加藤周一、白井健三郎、窪田啓作、中西哲吉、山崎剛太郎らが月一回の研究会をはじめたのが一九四二年秋、おくれて原條あき子と枝野和夫が参加する。相互に自作を朗読しあうこの集まりを、福永武彦は《マチネ・ポエティク》と命名した。もっともこのグループは、ほとんどが一高出身者ではあったが、学生時代からたがいに交流があったわけではなく、それぞれ別箇に追分の堀辰雄のもとに出入りしていた青年たちの集まりとみることができる。

戦後、一九四七年九月の『近代文学』に、中村眞一郎は、「詩の革命——「マチネ・ポエチック」の定型詩について」を発表する。そこで、「現代の絶望的に安易な日本語の無政府状態を、矯め鍛えて、新しい詩人の宇宙の表現手段とするためには、厳密な定型詩の確立より以外に道はない。〔…〕日本の伝統的な抒情詩の中に可能性のままで眠っていた、普遍的な形式を発見し、意識的な抵抗として自らに課する時、詩は初めて現代的意味を獲得する」と宣言したのである。福永は後年こう書く——「我々はこのやうに韻を（脚韻に限らず頭韻なども）重視することによつて、詩に音楽性を附与できるものと信じたのである。」（「詩集に添へて」）このマニフェストを冒頭に掲げて、同人の五十九篇の作品が『マチネ・ポエティク詩集』として真善美社から刊行されたのが、一九四八年七月一日である。
福永武彦は、この『マチネ・ポエティク詩集』に十一篇の定型詩を寄せているが、『ある青春』以後の福永の詩の変化を見るために、「詩人の死」の最初の二連を引いておこう。

日と月とは沈む涙の谷
不毛の野に暮れる詩人の夜
ひと筋の宿業のただなかに
ゐがき得ぬ焔の想ひを織る

復讐の身をきざむ道のべに
悔恨はしろじろと降りつもり
かなしい美を埋める雪の　眼に
しみる真冬はすぎて年は古り

ここで福永が一九四七年十月、京都の矢代書店から『ボオドレエルの世界』を上梓したことを記しておこう。

しかし戦後の詩壇において、《マチネ・ポエティク》の定型詩の主張は、主流であるイメージ尊重主義者たちの反感を買い、「形骸のみあって実質を伴はないもの」として一斉攻撃を受けた。《マチネ・ポエティク》がひそかにその支援を期待していた三好達治でさえ、一九四八年四月の『世界文学』誌上で、「奥歯にもののはさかつたやうな辞令は、性分でないから、最初にごめんを蒙つて、失礼なことをいはしてもらはう」と、「マチネ・ポエティクの試作に就て」を書きだし、「同人諸君の作品は、例外なく、甚だ、つまらない」と断定した。そのうえで、「押韻といふ脚韻の部分の効果が、いつからに諸者の注意を喚起しない」こと、「邦語に於ける措辞法」が脚韻の存在を困難としていること、「文章語脈」と「口語脈」の混在による日本語の詩語の不調和という宿命を挙げて、日本語の定型詩の不可能性を喝破したのであった。

『ある青春』以後の定型詩「夜」七篇、それと近縁関係にある四篇を『マチネ・ポエティク詩集』に掲載した福永武彦は、この十一篇の定型詩は「実験であると同時に作品であって、謂はば私の詩的生命が懸つてゐた。〔…〕私は詩壇の狭量なのに呆れて詩を書くことを廃してしまつた」と、「詩集に添へて」に記している。そのときの衝撃がどれほど大きなものであったかは、それから十四年後に『近代文学』のおこなった連載座談会「戦後文学の批判と確認」の「中村眞一郎——その仕事と人間（下）」（一九六二年七月号）における福永自身の発言——「『マチネ・ポエティク詩集』という」本全体としてみれば「一九四六……」で悪口を言われたことよりも、マチネーの詩というものが罵倒されたことの方が大きい。その罵倒されたということは、われわれが一斉に詩をやめて、それじゃ小説で行きましょうということになるきっかけみたいなものです。あの定型詩というのは完膚なきまでにやられたわけですよ。〔…〕いや、あれは猛烈な悪口ですよ。それで三好さんまでこう言うのではおしまいだと思いました」に、如実にあらわれている。

じじつ以後福永武彦が詩作することはきわめて稀になる。彼の処女長篇小説『風土』が、不完全なかたちで世に問われるのが一九五二年である。詩人福永武彦は、一九四八年前後の《マチネ・ポエティク》の定型詩の実験へのきびしい攻撃を全身で受けとめることによって、詩人としてではなく小説家として身を立てる決心をしたとみなければなるまい。

2

福永武彦は、一九三六年六月刊行の第一高等学校『校友会雑誌』(三五五号)に、水城哲男のペンネームで小説「かにかくに」を発表している。筋はこういうものだ。主人公氷田晋は同級で寮の同室の美少年藤木と親しくなったが、夏休みがすぎるとしだいに藤木が氷田を避けるようになる。氷田が思いきって胸のうちを告白した翌年二月、藤木ははっきりと別れることを宣言した。その結果、氷田は下宿に移って悶々として日を送り、学校にも顔を出さなくなる。心配した友人が一計を案じ、藤木の母親に、健康をそこねた氷田を伊豆に転地させたいが、藤木以外のものの同行を拒んでいるので、ぜひ藤木に同行するよう説得してもらえないかと頼みこんだ。こうして六月、氷田は藤木と伊豆の温泉へ出かけた。翌日ふたりは山越えをして西海岸へいく予定だったが、その夜入浴して藤木の裸身を見た氷田は、それまで想像もしなかった藤木の体に心を奪われ、海辺についたら身につけている毒薬で、藤木と心中することをひそかに決意する。けれども氷田に恐怖をいだく藤木が翌朝未明ひとりで宿を発ち、目覚めてみずからの夢の破れたことを知った氷田が服毒自殺する。典型的な同性愛小説である。

わざわざ福永十八歳の稚拙な作品をここに持ち出したというのも、一九四九年十二月十日から翌一九五〇年五月十日という日づけの、東京清瀬の療養所のベッドのなかで書かれた、福永自身『草の花』の原型と呼ぶ「慰霊歌」の原稿が後年発見され、それが「かにかくに」とおなじ高等学校における同性愛を主題とし、しかもその主人公「僕」の相手がおなじ藤木忍であるからなのだ。つまり『草の花』の原型をたどっていくと、「慰霊歌」を経て「かにかくに」にいたる。そして百八十枚ちかい中篇「慰霊歌」は、完成した『草の花』の前半の「第一の手帳」に、その内容から作中人物の氏名まで、ほとんどそのまま移行しているのである。ただ病床で書かれた「慰霊歌」のはじめにおかれる、『草の花』にはない、主人公「僕」の現在の病状と、回想を記すにあたっての心境とを述べた部分には、そこだけ「僕」を「病者」という普通名詞にかえたうえで、こう述べられている。

回復の望みも絶たれ、「病状は恢復せず、未来はますます遠ざかり、どのやうな美しい空想も無益に、色褪せて映る」、そうなると、「思ひ出すことは、その時最早消閑の方法でもなく感傷的な自己放棄でもない。それは彼の全精神を要求する。思ひ出すことは再び生きること、この厳しい冬に耐へることである。常に死を意識の彼方に置いたこの精神の緊張の中で、それは悔恨を越えた厳粛な反省となるであらう」。ここだけ故意に主語の人称を変えた文の迫力からいっても、『草の花』において主人公「僕」とはべつの存在として話者「私」が設定されていることを考えあわせると、作者福永自身がここでは、「死の影におびやかされつつある」渦中の人であることはまず間違いないだろう。「慰霊歌」は、鳥居真知子が指摘するように（『未刊行著作集19　福永武彦』白地社、二〇〇二年）、福永がみずからの病状のもっとも思わしくない時期に、「〈死者〉藤木忍ともまもなくみずからも〈死者〉となる自己」との、ふたりの生きた痕跡を書き残した「遺書的要素の濃い作品」だったとみてさしつかえあるまい。『草の花』が一種のモデル小説とみられるだけに、こうした「慰霊歌」の「僕」と『草の花』の主人公汐見の「僕」、それぞれの立ち位置の相違を、まず明確に認識する必要をここでは強調して『草の花』

の検討に入っていきたい。

3

『草の花』は、一九五四年四月、新潮社より上梓された。

すでに論じた『風土』は、一九三六年に構想を得て書きだされ、おおくの曲折を経て、一九五二年七月に第二部が欠けたまま不完全なかたちで刊行され、完全版の出版は一九五七年六月であるから、福永武彦の長篇小説第一作は『草の花』ということになる。『草の花』は、一九五三年夏から冬にかけて信州追分で集中的に執筆された。しかもこの一九五三年三月に福永武彦は、五年五ヵ月ぶりに清瀬の東京療養所を出所していることまで勘案すれば、『草の花』は、福永の長い療養生活後、最初に世に問うた作品ということになろう。

『草の花』全篇は、「冬」「第一の手帳」「第二の手帳」「春」の四部からなり、東京郊外のK村のサナトリウムで二度目の冬を過ごした話者の「私」が、肺摘手術のため転院してきた大部屋の隣人汐見茂思と親しくなり、大手術の結果「術中死」した汐見に、死の直前に託された二冊のノートを、そのまま発表するというかたちで展開していく。

「私」は、この新しい隣人がみずからの「傷痕を軽々しく表に洩らすことのなかったその精神の剛毅」に深い感銘をうけ、それを話すと、汐見は、「僕は僕の感受性を殺してしまった。感受性、というより、僕は自分の魂を殺してしまった。僕は君が羨ましいよ」とこたえ、「あらゆる患者が、死と、死の影とに怯えている中に、彼ひとりは何ものにも束縛されず自由であるかのように見え」る。しかも彼は「私」と同時期におなじ大学の言語学科に在籍していたと言い、病室では床のうえに机をすえていつもノートに何か書きつづっていた。「左上葉肺門部ニ鶏卵大ノ空洞一個、下葉中野ニ撤布性滲潤、右中葉ニ中等度ノ滲潤ヲ認ム」という重症で、汐見の希望する摘出手術はベテランの医者も躊躇するものだったが、彼自身医師を説得して手術室に入り、半日ちかい時間をかけたすえ「術中死」したのだった。手術の日の朝、汐見にベッドで書いていた二冊のノートを託された「私」は、汐見は自殺したのではないかという疑念にとらわれつつ、遺体の安置された霊安室の凍りつくような畳のうえで、細かい字でぎっしりと書きこまれた二冊のノートに読みふけったのである。

第一のノートは、自分の三十年の人生は、学生生活と、そのあとしばらくの勤めと、兵隊生活、そしてサナトリウム生活と、じつに平凡なものだったという言葉ではじまる。「そんな僕が、一体どうしたならば、真に生きることが出来るだろうか。空しく過ぎる人生は、どうすれば真に自覚して引き留められるだろうか」、こうした疑問にこたえるかのように、汐見はつづけてこう書く――「僕は昔生きた足跡をもう一度歩き、そうすることによって、今、もう一度生きようと願った。追憶の世界に復ることは一つの逃避、現在からの脱出であろう。しかし、僕のようにもはや新しく生き得ない人間、束縛された日常を課せられている人間にとって、過去を再び生きることの他にどんな僕だけの生きかたがあろう。もし僕が悔なく僕の青春を歩いて来たのならば、悔なく死に向って歩いて行くことも出来るだろう。〔…〕そして僕は、今にしても尚解けない謎、愛するということの謎を明かにして、微笑しつつ死ぬことも出来るだろう……。」そして「僕」の決意は、「僕は僕の過去から、十八歳の時の春と、二十四歳の時の秋との、二つの場合を選んで、各々を出来るだけ正確に再現してみたいと思う」と結ばれている。

このようにノート執筆の意図を記したあと、「僕」の十八歳の春、春休みを利用しての高等学校の弓術部の二週間の合宿に、二十名ばかりの部員と先輩とが一緒に船で沼津から伊豆西海岸のH村に向かうところから、記述がはじまる。すでに指摘したように、この合宿での出来事はほぼ「慰霊歌」に描かれているものと重なりあう。

二年生の「僕」は、美少年の新入生藤木忍が入部して以来急速に親しくなり、自分に母親がいなかっただけに、父親を亡くして母と妹の三人で暮らしている藤木の郊外の家をしばしば訪れていた。だが昨年の秋ごろから藤木は「僕」を避けるようになった。それにしても藤木もはじめて参加する合宿は、「僕」にとっては無上の楽しみであって、藤木が船に弱いということを聞き、「僕」は、藤木とふたりで山越えの陸路を選び徒歩でH村へいくことを計画した。ところが藤木はみんなと一緒に船でいくと言って、「僕」の提案はにべもなく葬りさられた。H村の大学寮で合宿がはじまったが、「僕」の藤木へのこだわりが噂のたねとなる一方、弓場では大学生の先輩春日から、「弓に魂が入っていないぞ」と注意される始末だった。

しばらくして、キャプテンの柳井が先輩たちに飲まされて夜おそく、泥酔して帰ってきたことがあった。柳井はもう床に入っていた「僕」を叩きおこすと、君が藤木のことでくよくよしているのを見ているのはたまらないと絡みだした。「僕」は、自分にはなんのやましいところもないと抗弁し、激してこうまくしたてた――「本当の友情というのは、相手の魂が深い谷底の泉のように、その人間の内部で眠っている、その泉を見つけ出してやることだ、それを汲み取ることだ。それは普通に、理解するという言葉の表すものとはまったく別の、もっと神秘的な、魂の共鳴のようなものだ。僕は藤木にそれを求めているんだ、それが本当の友情だと思うんだ。」

村祭りの日、先輩三人が山越えで帰るというので、二年生が朝早く峠まで送っていくこととなった。その山道で「僕」は、春日先輩に自分はここで余計者のようだし、部をやめたいがと相談した。すると事情をうすうす察していた春日が「僕」にこう語った――「靭《つよ》く人を愛することは自分の孤独を賭けることだ。たとえ傷つく懼《おそれ》があっても、それが本当の生きかたじゃないだろうか。孤独はそういうふうにして鍛えられ成長して行くのじゃないだろうかね。」そして「やましいもの、physique《フィジック》な要素」はないねと確認してから、「友情というのは壁を持たない、それは同胞愛、隣人愛として、何処までもひろがって行けるものだ」と説くのだった。それにたいして、「僕」はこう宣言した――「藤木の魂を理解しているのは僕だけです。僕は人間の中にあるそういう美しいもの、純粋なものを、一度発見した以上、僕自身の魂、この汚れた魂をも美しくし、また他人をも美しい眼で見て行くことが出来ると思うんです。美しい魂の錬金術、と僕は名づけたんですが、僕自身がこの魂を発見したということから出発して、みんながもっと美しく、もっと幸福に、暮して行けるようになれると思うんです……。」この高揚した「僕」の言葉に、春日は、「それで藤木の方はどうなのだい?」とききかえしたが、「僕」は、「藤木には分からないんです」とこたえるよりほかなかった。

藤木と言葉をかわすきっかけもないまま、夜、「僕」が松林を歩いていると、「汐見さん」と呼びかけて藤木があらわれた。「僕は汐見さんが苦しむのを見たくないんです。〔…〕僕には愛することが出来ないんです」と彼は言ってから、「愛するというのは選ぶこと、そして選んだ以上は、一生を賭けて責任を持たなければならないのでしょう」と訊ね、自分には母と妹にたいする責任があって、それ以上のことは荷が勝ちすぎる、「僕はそっとしておいてほしいんです」と、しゃがみこんだ。だれの助けも借りずひとりで生きていくのは困難なことなのだと「僕」が説ききかすと、「でも僕の孤独と汐見さんの孤独と重ね合せたところで、何が出来るでしょう」と問い、彼は歩きだした。「僕」は遠ざかっていく藤木に叫んだ。「僕は厭だ。〔…〕僕は遠くから君を愛している、君はただ君であればいいんだ、〔…〕ね、だからこの愛を咎めないでくれ、ね、藤木?」藤木は「何にもならないのに、何にもならないのに」と悲しげに繰りかえした。ひとり海辺に降りていくと、桟橋の脚柱を波が洗うたびに、夜光虫が波を銀色に染めていた。その妖しい蒼い燐光の揺れるのを見ながら、「僕」は、「愛とは無益な、空しい、絵空事にすぎないのか、このような苦しみよりは、ひと思いに死を選んだ方がましなのではないか」と思った。

合宿もおわりに近づき、お別れのコンパのある夕暮れ、「僕」は藤木とふたりで村の会場へいくはずだったが、藤木が仲間に和舟を漕いでいこうと誘われ、結局四人で舟に乗って出発した。ところが波が荒くなり、艪が流されてしまった。そこで「僕」と藤木を残して、他のふたりが泳いで助けを求めて岸に向かった。こうして真っ暗な海のうえに、「僕」と藤木だけが残された。艪を探してくると「僕」が海に飛びこもうとすると、藤木が「僕」を必死になってとめた。思いとどまった「僕」は、藤木の身体を抱きよせた。「僕等を囲んで、天もなく海もなく、場所もなく時間もなかった。風が吹こうが波が荒れようと、この夜は永遠であり、この愛は永遠だった。もう不安も絶望もなかった。〔…〕愛されているという嘗て知らなかった異常な感覚、〔…〕藤木を抱いていながら何等やましさを感じないこの精神と肉体との統一、〔…〕……。」「ああ月が出ます」と藤木が言った。「これが愛しているということなのだ、――僕はそれを藤木に言いたかった。」だがそのとき藤木が流れてくる艪を見つけたのだった。翌日蜜柑山にみんなで登ったとき、「僕」が艪を探しにいくと言ったときどうしてとめたのかと訊ねると、一緒にいてほしかった、「あの時は何だか死ぬんじゃないかと考えていた。もしああして死んで行くんなら、汐見さんを愛することが出来るような気がしていました」と藤木がこたえた。その夜、藤木のところへ母急病という電報がきて、翌朝一番の船で藤木はH村を離れ、「僕」はひとりでその船を岬の突端で見送った。

H村から帰京すると藤木は寮を出て通学生となり、「僕」との関係はしだいに疎遠となっていった。ところが翌年正月あけに藤木は田舎の伯父の家で敗血症にかかりわずか三日でみまかった。「僕」は危篤の報にかけつけたが、すでに藤木は屍衣につつまれていた。火葬場まで棺をのせた大八車を曳いていった「僕」は、その帰途、星影が薄氷の張った田圃の水に映って、きらきら明滅しているのを見た。H村の桟橋で妖しくきらめいていた夜光虫の光を思い出した。それをじっと見つめていると、「何にもならないのに、何にもならないのに」と繰りかえした藤木の声が聞こえてきた。

藤木を知ったのは三年にみたず、親しく交わったのは最初の一年だけで、しかも彼が死んでからもう十年以上の歳月が過ぎてしまった。「僕」は、そのことをあらためて回想し、現在の自分の思いをこうノートに書きつける――「彼は殆ど生きたと言うことも出来ないくらいだった。しかし、そのためにこそかえって、彼の魂は永遠に無垢のまま記憶の中にとどまっている。彼は美しい魂を持った少年で、その記憶を新たにするたびに、僕の心まで清々しく洗われるのを感じる。僕の心がArcadia《アルカジア》に帰る度に、僕は藤木が、純美な音楽のように、僕の内部に今も生きているのを感じる。」

「第二の手帳」は、「藤木千枝子、――僕が青春に於て愛したのはこの少女だった」という言葉で幕をあける。藤木千枝子、むろん亡き藤木忍の妹で、「僕」が藤木の家へ遊びにいくと、女学校に入りたての千枝子は、「僕」に英語を教えてくれと出てくるのだった。藤木の死後も藤木家にときどき遊びにいっていた「僕」は、千枝子の入学試験にはつきそっていった。そしていまでは彼女も二十歳、女子大の数学科の生徒だった。「その瞳はいつも澄んでいて、そこに知的な光を宿していた」千枝子は、藤木の同級生だった矢代や石井に誘われて無教会基督教の沢田先生の門を叩き、いまではキリスト教徒となっていた。他方、大学を出た「僕」は、イタリア関係の文化団体につとめ、兵隊検査は郷里で受けて第二乙種の第一補充兵、「いつ召集の赤紙が来るかもしれないという不安が、次第に藤木千枝子に対する僕の気持を一つの方向へ固定して行った」。

ある日友人と銀座で飲んだあと、ふと思い立って、藤木忍の死後大森の高台のアパートに移った藤木家をたずねた。母親は外出していて千枝子ひとりが「僕」を迎えた。このごろ何をしているのときかれて、「僕」は千枝子をモデルにして青春の美しさといったものを小説に書こうと思っているところとこたえると、「……それじゃまるで夢よ」と決めつけられた。「夢だっていいじゃないか。僕はそういうふうに生きているんだ」と言いかえしてから、勤めには出ているけれど、「それよりは下宿へ帰ってペトラルカでも読んでる方がよっぽど本当の僕だ。僕はペトラルカの中に僕の夢を見ているんだ」とこたえた。いまやっている戦争がいやでいやでたまらないけれど、反対する力も、やめさせる力も「僕」にはない以上、「せめて僕の内部だけは、戦争に拘束されずに自由である他にしようがないじゃないか。つまり夢だけは僕のものだ、僕は古典の世界にはいり込んで、そこに詩人たちの夢みたものをこの眼でもう一度見たいと思うのだ」。それを聞くと千枝子は、汐見さんの頭のなかにあるのは、古典とか文学とかあたしたちと縁のないものばかりで、「汐見さんは、結局、呑気な人ね」と洩らす。そして「一番頭にあるのは、千枝ちゃんのことだよ」と言う「僕」に、「だってあなたの言う千枝ちゃんは、あなたの頭の中だけに住んでいる人よ、このあたしのことじゃない」と断定する。そのうえであらためて、「あたしは汐見さんの言うようにはなれないわ」とこだわる千枝子に、「千枝ちゃんは今のままんまで結構なんだ、僕はそういう君が好きなんだ」と「僕」。すると千枝子はこう話した――「あなたは夢を見ている人なのよ。ええそうよ。昔あなたは、兄ちゃんを好きだった頃にも夢を見ていらした。あたし兄ちゃんの言った言葉が忘れられないわ、汐見さんは夢を見てる、けれど僕には見られないって。あたしもそうなのよ。同胞《きょうだい》ってそういうものなのね。」そして「あたしは惨めにはなりたくないの」と口をとざした。「僕」は、「昔と今とは違うんだよ」と反論を開始する。「僕の世界と外部の現実とはまったく別のものだということ」は認識しているが、目前に戦争が立ちはだかり赤紙がきたら否応もない状況におかれている以上、「せめて今だけは、僕は僕でいたい、僕は夢を描いていたい。〔…〕色んな生きかたがあるのは分っている、ただこういう生きかたを自分で選んだだけだよ、分る?」と千枝子の肩に手をかけて訊ねると、「分るわ」と低い声で千枝子がこたえた。そして「でもそれは不幸になるだけじゃないかしら?」と問いかけるので、「不幸? それでなくったって不幸なんだよ。一体どこに幸福なんてものがあるんだい?」と「僕」が激してくると、千枝子は、「でもあたしには信仰があるもの」と、ごくかすかな声でつぶやいた。

「僕」の買ってきた切符で土曜日の夜、「僕」は千枝子と新響のショパンのピアノ・コンチェルト一番の演奏会にいった。おわって「僕」は千枝子を大森まで送っていき、ふたりはこもごもショパンをめぐっておたがいの感激を語りあった。千枝子は、このまえ幸福なんかあるものかとあなたは怒鳴ったけれど、「今は幸福じゃなくて?」と「僕」にもたれかかって訊ねた。「ああ幸福だよ。君は?」ときくと、「あたしも」と千枝子はささやく。そして「文学の中に、音楽の持っている要素を自由に流し込めたら、どんなにか素晴らしいだろうと思うよ」と語る「僕」に千枝子は、「ショパンのあの曲を聞けばいつだって、ああれは汐見さんと一緒に聞いた曲だって思い出すわ。そうして今晩のことを思い出す限り、あの曲はもっとあたしに身近な、大切な、二つとない音楽になると思うわ」と述懐した。ふたりははじめて接吻をかわして別れた。

しかし下宿に帰ってペトラルカに眼を落としても、表通りから出征を祝う人々のざわめきや、歌声や、万歳の叫びなど聞こえてくると、千枝子に会いたいという焦心がつのるばかりだった。「しかし僕は、空気のように僕の廻りに立ち罩めている不安、いつ来るか分らないこの未来の瞬間への不安と闘いながら、わざと、容易に千枝子に会いに行かない自分の意志を大事にした。〔…〕僕は自分の意志を靭く保つことに、奇妙な悦びを覚えていたのだ。」

日曜の午前、めずらしく大森のアパートをたずねると、おばさんだけで千枝子はいなかった。昼ごろ千枝子が帰ってきたが、玄関で男の話し声がするので出てみると、矢代がいた。「上り給え」と声をかけたが、「僕やっぱり失礼します」と言って矢代は背をむけた。「僕がいたから帰ったのかしらん?」と口にすると、千枝子が、「送って下さるっておっしゃってたから、最初から上る気なんかなかったのかもしれないわ。でも、あんまりね。嫌いだわ、あんな人」と言った。その口のききかたのきびしさに、逆に「僕」の心は奇妙に波打ちはじめた。矢代が生前の藤木の親友だっただけに、「僕」の千枝子にたいするあり方の「奇妙な場違いの印象」が、「嫉妬というにはあまりにもかすかな心の揺ぎの中に、予感のように立ち罩めた」。そんなこともあって、昼食後の三人の会話はもっぱら信仰の問題に絞られた。「僕は孤独な自分だけの信仰を持っていた」とまず口火を切ったのは、「僕」だった。「僕はイエスの生き方にも、その教義にも、同感した。しかし自分が耐えがたく孤独で、しかもこの孤独を棄ててまで神に縋ることは僕には出来なかった。〔…〕僕は自分の責任に於て躓きたかったのだ。僕は神よりは自分の孤独を選んだのだ」と説明した。「孤独だからこそ神を求めるのじゃなくて?」という千枝子の質問には、「孤独というのは弱いこと、人間の無力、人間の悲惨を示すものなんだろうね。しかし僕はそれを靭いもの、僕自身を支える最後の砦というふうに考えた。〔…〕僕は、人間の無力は人間の責任で、神に頭を下げてまで自分の自由を売り渡したくはなかった。君の兄さんが死んだ時に、僕は神も仏もあるものかと思ったよ、僕はそんな無慈悲な神に少しでも未練のあった自分が情なかった。あの時の気持は忘れられない」とこたえた。そして「僕は神を殺すことによって孤独を靭くしたと思うよ。勿論、今でも、僕はイエスの倫理を信じている」とつづける。ひとりだけで信仰をもち、だれにもそれを伝えず、その悦びをだれとももともにしなかったから、あなたの信仰は頽れていったのではないかしらときく千枝子に、「僕に言わせれば、僕が自分で神を棄てたんだ。僕の自分を靭くしたい意志が、僕にそれを選ばせたのだ」と「僕」。「それで寂しくはないの？」ときかれ、「寂しいさ、それは。しかしそれでいいのだ」と言い切ると、「僕」は立って、あけ放した窓からそとを見おろした。

そのとき「急激に高まって来た自分への憎しみは、何に由来するものだろう、――この異様な悲しみは、この取りつく島もない孤独の惨めさは。自分の愛している千枝子が、自分とまったく違った世界観を持っている以上、僕等が愛し合える筈はない。僕がどんなに愛しても、千枝子が僕を愛する筈はない。〔…〕僕が求めていたのは、千枝子の僕に寄せるささやかな愛ではなかろうか」。そんな思いにとらわれている「僕」の背後から、千枝子がそっと、「一度あたしと一緒に沢田先生のところにいらっしゃらない？」と声をかけた。けれども「僕」は拒否した。そして千枝子のために持ってきたショパンのピアノ・コンチェルト一番とワルツ集とバラード集の楽譜の大きな包みをおばさんに手わたすと、呼びとめる千枝子を振り切って玄関を出た。

「僕は僕の小説を書き始めた。」それは、時間が現在でも過去でもない一種透明なもので、場所も夢のなかの記憶のような場所、登場人物は名もない青年と名もない少女で、「僕はその中に、一種の別の生を生きていた」。「僕」はもう千枝子に会いにいかなかった。

その日も、現実とはなんの関係もない小説を書きついでいて、戦場にある自分の姿が幻視となって浮かんできたので、ペンをおきそとへ出て、近くの喫茶店でビールを一本空けた。下宿にもどると、部屋で千枝子が待っていた。千枝子はまず「僕」が酒気を帯びていることを非難してから、大学で沢田先生の講演があって友達と一緒にいってきたと言う。待ちあわせしたので八時までに御茶の水駅までいかなければならない。それにしてもちっとも家にきてくれないけど、どうしたのかときく。小説を書いて忙しかったうえ、戦争のことを考えていたと言って、「僕」は話しだした。「僕はそのうちにきっと兵隊に取られる、ね、その厭な、ずうんと来るような気持、千枝ちゃんには分らないだろうなあ」と前置きしてから、「戦争という人間の、人間の生命をまったくごみのように無視して、成立するんだ。僕なら僕という人間の、なけなしの才能も愛情も苦しみも悦びも、そんなものは一瞬で吹き飛んでしまうのだ。〔…〕何のために、僕等が死にに行かなければならないんだろう？」千枝子がかすかにつぶやいた。「死ぬとは限らないわ、汐見さん。」それから「死んじゃ厭」とつけ加えた。あぐらをかいている「僕」は、椅子にすわった千枝子の両脚をかたく抱いた。「僕が怖いのは自分が死ぬことだけじゃないんだよ、〔…〕自分の撃つ一発の小銃が、自分と同じような若者を直接に殺してしまうかもしれない、そんなことは誰にも分らない、としたら僕は殺人の恐怖から、その小銃を空に向って撃つのでなければ、とてもまともには撃てやしない。これは臆病なんだろうか、それとも単なるセンチメンタリズムだろうか？」千枝子の手が、そっと「僕」の頭を撫でていた。「僕が戦争になって、今迄以上に基督教が厭になったのはね、彼等が平然とこの戦争を受け入れたことだよ。」窓のそとから出征を祝う軍歌の合唱が、悲しげな余韻をひびかせて聞こえてきた。「僕はあの歌を聞くと、居ても立ってもいられないような気持になるんだ。あれはみんな、何にも知らない、何にも知らされていない連中なのだ。みんな自分の本心を偽って、さも嬉しそうな顔をし、大日本帝国万歳、天皇陛下万歳と言って、出て行くのだ。〔…〕実に馬鹿げている。」「僕」は千枝子の膝に顔を埋めた。「こうして、両手で千枝子の脚を抱き、その膝に頬を埋め、しずかに髪を撫でられるのにまかせていると、今迄の激昂が跡かたもなく醒め、あとに洗われたような浄福のみが残った。こうして生きているのも人生だし、惨めに、生と死との境に、肉体と精神との自由を賭けるのも人生だろう。それならばなぜ、この一瞬が、この愛し合う意識の高潮した一瞬が、永遠に続くことは出来ないのだろうか。」頭をあげた「僕」の顔を引きよせたのは千枝子だった。「冷たい脣が、無量の味わいを含んで、僕の脣の上を覆い、烈しく僕を忘却と陶酔の彼方へ押し流した。」しかしそれは瞬間だった。千枝子は顔をあげると、机のうえの「僕」の小説の原稿を声をあげて読みだした。それから、「もうあたし帰るわ」と立ちあがった。

御茶の水駅まで送っていくあいだに夏休みはどうするのかときくと、沢田の聖書研究会がY湖であって、それにいくかもしれないと千枝子がこたえた。そこで「僕」は、O村に君の学校の寮があるから、「僕」は八月の末に休暇をとってO村の宿屋にいくので会えないだろうかときくと、「そうね」という機械的な返事がかえってきただけだった。御茶の水の駅では、もうおそいので待ちあわせた友人も帰ったあとらしかった。千枝子はそこで、「僕」に話があると言って、暗い欄干にふたりでもたれた。千枝子は堀をのぞきこみながら、「あたしたち、……もう会わない方がいいんじゃないの」とつぶやいた。「あたしずって考えていたの。駄目よ、不幸になるだけよ。ね、汐見さん、分って」と涙を流すと、「御免なさい」といって走り去った。打撃があまりに意外だったので、「僕」の足はすくんで動かなかった。「ほんの今さっき、僕たちはあんなにも幸福だったのじゃないか。僕等は信じあい、理解しあい、愛し合っていたのじゃないか。」

夏のあいだ召集令状はこなかった。「僕」は八月下旬にO村へ一週間の休暇をすごしにいった。ある午後、いま着いたばかりだといって千枝子が、Y湖から一緒だったという友人の菅とし子とともにあらわれた。「汐見さんはあたしの躓きの石なのよ」と「僕」をとし子に紹介したあと、「わたし沢田先生やとし子さんと一緒だと、信仰は何よりも大事だと思うし、汐見さんと一緒だと、信じられないのも無理のないことだと思うし、本当に辛くなるわ」とこぼした。そのとき浅間山の爆発の轟音がとどろき、かすかに蒼ざめた千枝子は帰りましょうととし子をうながし、部屋を出た。だが「僕」は一足おくれた千枝子に、明日山のほうを一緒に歩いてみないかと小声できくと、彼女はうなずいた。

次の日の午後、「僕」と千枝子は登山道から林道にそれて、林のなかを歩いていた。「要するに僕が兵隊に行くのが怖いから、それで別れようなんて考えたんだろう」と「僕」が言いだすと、「どうしてそんなひどいことをおっしゃるの。汐見さんを愛しているから、あたしだってこんなに、こんなに、苦しんでいるんじゃないの」と、顔をそむけて千枝子は立ちどまった。「……ねえ汐見さん、本当の愛というものは、神の愛を通してしかないのよ」と言う千枝子に、「僕はそうは思わない」とこたえると、「でも、神を知っていれば、愛することがもっと悦ばしい、美しいものになるのよ」とつづけた。「じゃ、君は誰か信仰のある人と愛し合えばいいさ。」「僕」は憤りに駆られて、その言葉を叩きつけた。「しかし、誓って、僕ほど君を愛している人間は他にいないよ」と言って、「僕」はまた歩きだした。「そりゃ僕は孤独だし、孤独な状態は惨めだと思うよ。〔…〕戦争に反対する人間が一緒に力を合せてこの戦争を阻止できるものなら、今の僕は悦んでそれに参加するよ。〔…〕しかし〔…〕こんな強力な憲兵政治の敷かれている国では、どんな小さな自由の芽生《めばえ》だって直に捥ぎ取られてしまうのだ。僕なんか、たった一人孤立して、思ったままを打明けられる相手といったら、ほんとに君一人ぐらいのものだ。だからせめて、自分のちっぽけな孤独だけは何よりも大事にしたいのさ。」「僕」らは村をはるかに見おろす小さな丘のうえまできた。ふたりは草のうえに腰をおろした。「僕だって、もし君の沢田先生とやらが、この戦争に反対して立ち上ったのなら、悦んでその人の味方になるよ。〔…〕気骨のある人はもういないんだろうか。教会が無力なように、無教会も無力じゃないか。それだったら神を信じるということは、日向ぼっこをしているのと同じことだ。そんな神なんか信じない方がいい。」千枝子は膝のうえにたたんだカーディガンをおき、手にした草花をじっと見つめていた。千枝子がやや蒼ざめた、ひたむきな表情を「僕」にむけた。「どうしても神を信じないのね?」ときいた。「信じない」とこたえた「僕」に、「あたしも信じてくれないの?」と千枝子。「君は信じるよ、君だけは。」「でも人間の心なんて儚いものよ、神の愛は変らないけれど、人間の愛には終りがあるのよ。」「しかし僕は君を選んだのだ。だから、君を愛しているこの僕の心だけは、信じたいのだ。僕が選んだのは君だけだ。」「僕」は両手のあいだに顔を埋めて、言いようのない悔恨を感じはじめていた。「むかし藤木忍は、僕がどのように意中を打明けても、僕の愛を理解し得なかった。藤木千枝子も、恐らくは、僕のこの燃え上る心を、地上の空しい幻影としか見ないだろう。こんなにも天上の、楽園の、永遠の愛を夢想する僕も、ただ神を信じていないばかりに、千枝子の眼からは単なる不法の人としか思われないだろう。」

「分ったわ」と言うなり千枝子は立ちあがると、「僕」にカーディガンをわたして花を摘みに林のなかに入っていった。しばらくして「千枝ちゃん」と呼んだが返事がないので、「僕」も林に歩をすすめた。すると突然彼女が走りだし、「僕」は追いかけてやっと千枝子をつかまえた。そして固く抱きしめ、ふたりは崩れるようにその場に倒れた。「一切が僕等の廻りで死に絶え、ただ僕等だけが生きていた。僕の脣は彼女の脣に、僕の胸は彼女の胸に、僕の腹は彼女の腹に、僕の脚は彼女の脚に、一つに触れ合い、絡み合い、膠着した。それはすべてが可能な瞬間だった。僕の腕は可能の腕、僕の身体は可能の身体だった。」不意にはげしく山が鳴り、千枝子は身体を小さくして「僕」にしがみついた。「それは一つの燃えるかたまり、僕の欲望の具象化された現在だった。〔…〕最後の意志と決断とがあれば、それでもう僕等の〔…〕運命はさだまった筈だった。」けれども「何か」が「僕」をためらわせた。

「要するにそこに、僕が最後の瞬間にためらったという一つの事実がある。人気《ひとけ》のない高原の原始林の中で、僕が獣になれなかったという一つの事実がある。〔…〕僕はそうして千枝子を抱いたまま、時の流れの外に、ひとり閉じこもった。僕はその瞬間にもなお孤独を感じていた。いや、この時ほど、自分の惨めな、無益な孤独を、感じたことはなかった。どのような情熱の焰も、この自己を見詰めている理性の泉を熱くすることはなかった。」

千枝子は「僕」の手から抜けだして、散らばった摘草を拾いはじめた。「僕」がしばらく放心しているあいだに、千枝子は林をあとにして、どんどんもどっていった。次の日「僕」は林道で菅さんに会い、千枝子が午前の汽車で東京へ帰ったことを知った。

O村で別れて以来、「僕」は千枝子とは一度も顔をあわせていなかった。「僕は彼女のことを忘れようとつとめていた。孤独、――いかなる誘惑とも闘い、いかなる強制とも闘えるだけの孤独、僕はそれを英雄の孤独と名づけ、自分の精神を鞭打ち続けた。」

秋も深まったある夕方、「僕」は偶然菅とし子と会い、千枝子が石井と婚約したと聞いた。そして十二月下旬、召集令状がきた。そのときいちばん会いたいと思ったのは千枝子だった。「それは愛の想いというより、古くからの女友達に対する心からの友情のあらわれ」だった。だが戦場におかれた僕の支えとなるものは、「自分の孤独しかない、理性的な行為と理性的な死とを自分に課す、この厳しい小宇宙の他にはない」と、「僕」は思いかえした。しかし「僕」が東京を発つ最後の日に、日比谷公会堂であるショパンのピアノ演奏会の広告を新聞で見て、切符二枚を買いもとめ、速達で千枝子に送った。しかしその夕べ、「僕」の隣席は最後まで空いたままだった。たまたま会場で会った菅とし子から、千枝子は風邪をひいているらしいと聞いた。見送りをいっさい断っていたが、軍装でかけつけた弓術部の同級生立花ひとりに送られて夜汽車に乗った。汽車が品川をすぎると、「僕」は窓ガラスに顔を押しつけて、一心に小さなアパートの燈を探した。そして「僕」はそれを認めたと思った。「千枝子の部屋の小さな明りが、一瞬、僕の網膜に焼きついて、流星のように走り去った。」そのとき、むかしH村で見た夜光虫の海が浮かんだ。そしてかすかに藤木忍の蜜柑山でつぶやいた言葉が甦ってきた。「だって一人で死ぬのはあんまり寂しいもの。」「僕」は心のなかで呼びかけた。「藤木、君は僕を愛してはくれなかった。そして君の妹は、僕を愛してくれなかった。僕は一人きりで死ぬだろう……。」

長い冬がすぎて春になった。汐見の遺骨は、兄の手に抱かれて郷里へ帰った。「私」の手許には二冊のノートが残された。「私」は汐見の出身高校の名簿を借りて、友人たちの名前を探しだし訃を伝えた。そうした文通の結果、しばらくして石井千枝子の住所を知った。彼女に汐見のノートを読ませたほうがいいかどうか迷ったすえ、「私」は汐見の死の模様とノートの内容をできるだけ詳しく認め、読む意志があればお送りすると書きたした。春たけなわとなって、東海道のS市にいる石井千枝子からぶあつい封書がとどいた。

石井千枝子の手紙は、女子大を卒業してから石井と結婚、女の子ができ、終戦の年に石井が当地の高等学校に奉職することになってそのまま田舎へ引きこもり、汐見さんも復員されお元気のことと思っていたという報告で書きだされる。「あなたさまのお手紙を拝見して行くにつれ、わたくしは驚きのあまり、息も出来ずに手をふるわせていたのでございます。汐見さんがお亡くなりになった、その事実の重たさは、今、どんなにかあの方の存在がわたくしにとって貴重であったかを、ひしひしと思い当らせます。」そしてなぜ汐見と離れたかという質問にこうこたえる――「わたくしは、芸術家というものを理解できませんでしたし、わたくしのような平凡な女が、もしあの方と一緒になれば、お互いに不幸になるだけだと一途に考えておりました。幸福とか不幸とか言っても、本当に燃え上った愛に較べれば、そんなものは恐らく何の意味も持たないのでございましょう。わたくしにはそれが分りませんでした。〔…〕あの方が、わたくしを見ながらなお理想の形の下にわたくしを見ていらっしゃると考えることは、わたくしにはたまらない苦痛でした。〔…〕わたくしが汐見さんにお別れしようと申しました頃、わたくしは熱心に基督教を信じておりました。わたくしはこの二つの愛、〔…〕神に対する愛と汐見さんに対する愛とが、わたくしの中に共存できるものと思っておりました。しかし神は厳しい主でございました。わたくしはいつしか、この二つの愛の何れかを選ばなければならない気持に追いやられました。〔…〕わたくしは心の強い時には、わたくしが本当に汐見さんを愛しているのなら、あの方のためにわたくしなんぞお側から離れた方がいいのだろうと考え、また心の弱い時には、わたくしのような者は、神にお縋りして心を強くするより他に生きかたはないように思いました。いずれにしても、わたくしはあの方を愛していればいるほど、本当の愛はかえってあの方から離れることにあるのだと考えました。」

「八月の末に信州のＯ村の寮へ参りました時には、わたくしはわたくしの嘗ての決心を半ば後悔していたのでございます。〔…〕わたくしはあの方がどんなにかわたくしを愛して下さいますことをはっきりと知りました。わたくしは神を忘れました。もし本当にそのほうが汐見さんにとって幸福なようなら、わたくし如き者の魂の平和なんか地になげうっても惜しくないと思いました。〔…〕わたくしはその時、汐見さんがもしそうお望みになるのなら、わたくしもまた、わたくしの神を見捨てても悔いない気持になりました。〔…〕しかし汐見さんは、そのようなわたくしをきっとおさげすみになったのでしょう。わたくしたちは何の過ちも冒さず、日暮に山を下りて参りました。〔…〕わたくしはその時、わたくしたちの心があまりにも遠く離れているのを感じたのです。〔…〕わたくしは汐見さんがわたくしを選んでくれなかった以上、神がわたくしを選んだのだと考えました。〔…〕わたくしは苦しむことに疲れたと申し上げれば偽りになりますでしょうか。わたくしが石井から結婚を申し込まれました時に、しばらくの躊躇の後にそれを承諾したのは、自分の意志というものが煩わしく感じられ、すべては神の御心のままだと半ば諦めてしまったせいなのでございます。」

「汐見さんの応召の御通知のことはわたくしは何も存じませんでした。わたくしは風邪を引いて一週間ほど学校を休んでおりました。そして学校へ参りまして、初めて菅とし子さんから、汐見さんがその間に出征されたことを聞かされたのでございます。その時のわたくしの驚き、本当に眼の前が真暗になる気持でわたくしは菅さんのお話を聞きました。わたくしは自宅に帰って、泣きながら母にその話をいたしました。汐見さんはなぜしらせてくれなかったのだろう、とわたくしは申しました。〔…〕母は汐見さんの速達を受け取り、わたくしが具合を悪くしておりましたので、つい自分でそれを開いたのだと申しました。〔…〕音楽会には自分が代りに行くつもりでいながら、その晩わたくしの熱が高かったので、そうもならず一人心に隠していたのだと申しました。わたくしは泣いて怒りました。」

「わたくしは長々と書いて参りました。この上何の書くべきことがございましょうか。その頃わたくしが漠然と感じ、今いっそうはっきりと感じますことは、汐見さんはこのわたくしを愛したのではなくて、わたくしを通して或る永遠なものを、或る純潔なものを、或る女性的なものを、愛したのではないかという疑いでございます。或る永遠なものとは、あの方が遂に信じようとなさらなかった神、或る純潔なものとはわたくしの兄、或る女性的なものとは恐らくゲーテの久遠の女性のようなあの方の理想の人だったのでございましょう。その中でもわたくしは、汐見さんが〔…〕わたくしを見ながら兄のことを考えているのを、折につけて感じないわけには参りませんでした。〔…〕汐見さんの心の中では、兄はいつでも生きていたのでございます。〔…〕わたくしは汐見さんを愛する時、その蔭にある兄を感じ、亡くなった兄を憎みました。憎む、というのは容易ならぬ言葉ですが、わたくしはわたくしの気持を飾りたくはございません。汐見さんもわたくしも、兄の、今はもうこの世にない人の、影響の下に生きておりました。それが恐らく、わたくしを汐見さんから引き離し、石井の申出に応じさせた原因の一つでもございましょう[1]。」

「わたくしはただ今、乏しい家計を割いて、節子にピアノを習わせております。わたくしは時折、家からさほど遠くないピアノの教習所の塀に凭れて、節子を待ちながら、中から洩れて来る練習に耳を傾けます。上手なお子さんがショパンの幻想曲やワルツなどを弾いているのを聞いておりますと、その甘い旋律がわたくしの心の中を貫き、過ぎ去ったことどもが次々と眼の前に浮ぶのを覚えます。」

「なお汐見さんのお書きになりましたものは、どうぞあなたさまのお手許にとどめおいて下さいませ。わたくしがそれを読みましたところで、恐らくは返らぬ後悔を感じるばかりでございましょうから。」

この章のはじめに、福永武彦の早い時期の詩の典型的な例として、「ひそかなるひとへのおもひ」の第一連をあげた。この詩篇は、『草の花』の「第一の手帳」の舞台となった、弓術部の合宿のあった伊豆のH村、すなわち戸田《へた》の海辺を歌ったもので、創作時期は「かにかくに」とほぼおなじころとみてさしつかえあるまい。そして「かにかくに」から「慰霊歌」を経て『草の花』にいたる歩みについては記したが、『草の花』、とりわけ「第一の手帳」が、そうしたことからみても、福永自身の青春時代をかなり忠実に写しとっていることに間違いはない。『風土』を福永武彦の長篇処女作品とみなす理由についてはすでに述べた。しかしその内容かららいえば、むしろ『草の花』にこそ、ふつうの処女作らしい主題が展開されていると言わなければならない。長篇小説を純粋なフィクションとしようとした福永武彦にとって、『草の花』は、モデルのある例外的な作品なのである。もっともあくまでも主人公の手記として書かれた「慰霊歌」とは違って、『草の花』の汐見茂思は、汐見が死の当日の朝に二冊のノートを託した、汐見のサナトリウムの隣人「私」の友人であり、その「私」が汐見の死後、汐見のかつての恋人石井千枝子を探しだすという構成を、『草の花』はとっている。そして巻末におかれた石井千枝子の長い手紙が、汐見の自覚しようとしなかった生のべつの一側面を浮き彫りにして、『草の花』に「慰霊歌」とはまったく異なった、奥行きと深さをあたえていることは否定できない。

『草の花』の主題は、むろん青春における愛と死であることは言うまでもない。その愛とは、「第一の手帳」で、「僕」が先輩の春日に語る「美しい魂の錬金術」と名づけたもの——相手の魂のなかに発見した美しいもの、純粋なものによって、みずからの汚れた魂をも美しくし、みんながもっと美しく、もっと幸福に、暮らしていけるようになる、神秘的な魂の共鳴のようなものとされる。それこそ、「無垢の魂に誘われるこの思慕、愛するというこの陶酔、意識の全領域を照し出すこの明智、天使の方へと僕を引き上げるこの飛翔感」をもたらすものであって、そのような「天上の、楽園の、永遠の愛」が、十八歳の「僕」の夢想したものだった。そして春日はそれをささえるものとして、「どんなに苦しい愛にでも耐えられる」「真の孤独」の必要を説く。しかも「僕」はそこに、「やましいもの、physiqueな要素」が混入することを峻拒した。しかし「僕」の愛した藤木は、死の恐怖をまえにした舟上でのひとときを除けば、「僕」を拒否しつづけた。

そして十八歳の「僕」にとっての死は、愛の告白を退けられて、H村の夜の桟橋にきらめく夜光虫の光をまえにみずからの死を思うとき、最初にあらわれる。ついでその十ヵ月後、藤木の死に「僕」は直面する。しかしその死は、藤木の魂が「永遠に無垢のまま記憶の中にとどまっている」ことによって、むしろ「僕」の理想の愛をさらに浄化せしめたものと言わなければならない。

「第一の手帳」の六年後を語る「第二の手帳」では、下宿に引きこもっている「僕」に、愛はこんなかたちで認識される。「ぎりぎりまで感情を抑え、千枝子への愛をこの隔離された時間の間に確かめることほど、僕に愛というものの本質を教えるものはなかった。愛が持続であり、魂の状態であり、絶えざる現存であり、忘却への抗《あらが》いである以上、会うとか、見るとか、話すとかいうことは、畢竟単なる現象にすぎないだろう。僕と千枝子とが愛し合っているならば、僕等の魂は、その奥深いところで二つの楽器のように共鳴し、微妙な顫音をひびかせ合っているだろう。」「僕」にとっての「愛」のあるべき姿は、六年まえと何ひとつ変わってはいない。けれども六年という歳月と、相手が異性であるという状況の変化は、そこにさまざまな陰翳を付与せずにはおかなかった。

「僕」は、「藤木忍を愛していた時にも、この気味の悪い観念に心の奥深いところで常に悩まされていた」と自覚する「罪の意識」に、いまは過敏に反応する。「千枝子を愛する気持の上に、たまたま雲のように千枝子を女として考える意識が走ると、僕はたまらなく自分を堕落した者のように感じたものだ。」それこそO村の草のうえで千枝子と抱きあい、千枝子が無抵抗に眼を閉じ、すべてが可能となった瞬間に、「僕」を襲ったものだった。「僕が感じていたものは、愛の極まりとしての幸福感ではなく、僕の内部にある恐怖、一種の精神的な死の観念からの、漠然とした逃避のようなものだった。〔…〕激情と虚無との間にあって、この生きた少女の肉体が僕を一つの死へと誘惑する限り、僕は僕の孤独を殺すことは出来なかった。そんなにも無益な孤独が、千枝子に於ける神のように、僕のささやかな存在理由の全部だった。この孤独は無益だった。しかしこの孤独は純潔だった。」

すでにH村で大学生の春日は、「愛することでね、僕はね、真の孤独というものは、もう何によっても傷つけられることのないぎりぎりのもの、どんなに苦しい愛にでも耐えられるものだと思うね」と語っていた。人一倍愛を「僕」に求めさせたのは、いってみれば「僕」の生来の孤独以外の何ものでもなかろう。すなわち、「僕」の希求する純潔な愛は、「僕」の孤独と表裏の関係にあるという矛盾を、そもそもの最初から秘めていたのだ。しかも「愛の極まりとしての幸福感」は、対象との完全な合一を求める以上、その到達点は死以外のものではありえない。とすれば、藤木忍とのあいだで実らなかった「僕」の夢想する愛の究極のかたちは、魂と肉体との燃焼による死とならなければならない。

「僕」は考える――「心から千枝子を愛していながら、恐らく僕は、一方であまりにも自分の孤独を大事にしていたのだろう。藤木忍を喪って以来、僕は人間が生れながらに持っている氷のような孤独が、たとえどのように燃えさかる愛の焔に焼かれようとも、決して溶け去ることのないのを知りすぎるほど知っていたのだ。」「孤独だからこそ神を求めるのじゃなくて?」と問う千枝子に、「僕は神を殺すことによって孤独を靭くしたと思うよ」とこたえる「僕」は、はからずも愛と孤独の相克する深淵にとらわれていく。

O村での出来事以後「僕」は千枝子に会おうとしない。いまや孤独が愛を押しのけて「僕」

の内部で前面におどり出る。しかもこの孤独は同時に、いまは目前に立ちはだかる戦争にたいして、「僕」を守るものでもあったのだ。

千枝子が信仰を深めていくばかりか、キリスト教徒が平然と戦争を受けいれていく現実を見るにつけ、すでにその孤独は戦闘的な「英雄の孤独」となっていった。さらに軍歌が巷にあふれ、「僕」にも召集令状のくるのは時間の問題だった。中学生のころから軍国主義的風潮に反抗してきた「僕」の戦争にたいする恐怖は、「生理的な死への怖れ」であるばかりでなく、「人を殺すことの怖れ」でもあった。「僕の精神はやみがたく次の一点に集注した、——いかにして武器を執ることに自分を納得させるか。そして自我は、絶えず意識の上に次のような問答を繰返した、——殺せるか、死ぬか。」そして令状を受けとったとき「僕」は、「支えは自分の孤独しかない」と決意して戦場へ出発した。

「僕」汐見茂思の愛と終始対峙してきた石井千枝子は、汐見の死後こう書く——「汐見さんはこのわたくしを愛したのではなくて、わたくしを通して或る永遠なものを、或る純潔なものを、ある女性的なものを、愛したのではないかという疑いでございます。」たしかに汐見の愛は、十八歳のときから本質的には変わらなかったにせよ、すでに指摘したように、二十四歳の汐見は青春のさなかにあって肉体を無視することができなかったし、そのためにこそ意志によって孤独をつねに強くしていかなければならなかった。そしてその孤独を絶対化したものこそ戦争にほかならない。

しかし汐見の手術の前夜、汐見を訪れた「私」に、「人間は多く、過去によって生きている、過去が、その人間を決定してしまっているのだ。生きるのではなく、生きたのだ、死は単なるしるしにすぎないよ」と語ってから、「生きるってことは〔…〕一種の陶酔なのだね、自分の内部にあるありとあらゆるもの、理性も感情も知識も情熱も、すべてが燃え滾《たぎ》って充ち溢れるようなもの、それが生きることだ。考えてみると、僕は久しくそうした恍惚感を感じない、眩暈のような恍惚感、とむかし僕は呼んでいたがね」と言う。そして手術のおこなわれる翌朝早く「私」がふたたび顔を出すと、汐見は、「僕はゆうべ、夢を見たよ」と言い、昨日「眩暈のような恍惚感」と口にした、それが暗示となったらしいと注釈をつけてから、こう話しだした――「僕は一人きりで、何処とも知れぬ山の中を歩いていた。廻りじゅうに暖かな、菫色をした光が充ち満ちていた。草の葉っぱが金色に光って、遠くの方に海が見えた。すると空中で声がした。行こうよ、行こうよ、と言ってるんだ。誰の声とも分らない、子供っぽい、透きとおった声で、しきりに僕に呼び掛けている。人の姿は見えないんだ。しかしその声には何か覚えがあるようだった。うん行こう、と僕は答えた。それから僕はどんどん歩き出した。魂が洗いきよめられて、実にséraphique《セラフィック》な感じがした。海が段々に僕に近づいて来た。僕は一人だけれど、しかし僕の愛したすべての人間が、僕と手をつないでいる気がした。もっと遠くへ行こうよ、とその子供っぽい声が誘いかけた、行こう、と僕は答えた……。」

この夢は、十八歳の「僕」が達磨峠を登りながら春日先輩に語り、春日先輩が補足してくれたものと、ぴったり重なりあうものではなかろうか。十八歳の「僕」の夢みた愛は、その後の六年の歳月のもたらしたさまざまな障害にもかかわらず、さらにつづいて訪れた戦場体験と死に直面しての闘病生活にもかかわらず、「僕」の終焉の日まで純潔に守りぬかれてきたのであった。そうした純粋な愛の変遷を、死というかたちでその愛を翻弄しつづけた、十年ちかい時代を生きぬいたひとりの青年の苦難の歩みと絡みあわせて、浮き彫りにしたものこそ『草の花』という小説にほかならない。わたしたちが『草の花』を読んで深く感動させられるのは、この愛と死の物語の背後にひそむ、戦前から戦後にかけてあらゆる場所で失われ枯れていった、おびただしい数の草の花の運命にまで思いをはせずにはいられないからだ(2)。『草の花』はたんなる愛と死を語った小説ではなく、まさしくあの暗い谷間の時代を死と直面しながら生きたものにしか書きえない貴重な記録となっているのである。

4

「冥府」は、単行本『草の花』の刊行直後、一九五四年四月と七月の『群像』に発表された。

そもそもボードレールの『悪の華』の最初の題名であった「冥府」は、福永武彦の『ボードレールの世界』によれば、「死後、人間の行くべき第四の場所或は第四の状態」を意味し、「天国と煉獄と地獄との外にあるもの、即ち洗礼を受けずに死んだ子供たち、善行の異教徒たちが行くべき場所である。」そして福永は、「この世界こそ、彼が求めて宿とした先天的な住所であり、〔…〕常に疲れ倦んで帰るところだった。そしてこの冥府での精神生活を最も端的にしるしづけるもの、それはボードレールが自ら選択し、これに独創に近い意味を与えた言葉、憂愁 **spleen** に他ならない」と、ボードレールの「冥府」を説明している。以上のことを念頭においたうえで、「冥府」のテクストを読んでいこう。

福永武彦の「冥府」は、死んだ人間である「僕」が、自分が歩いていることに気づいたところからはじまる。しかしそれ以前の記憶が「僕」にはまったくないし、あたりの街も知っているようだが、どこだか思い出せない。こうして「僕」がこのなかば未知の世界をしだいに知っていく過程がまず叙述される。

「空は一面に濁った、鉛のような色をして、雲の形はなく、空の全体が一つの雲だった。謂わば曇った日の黄昏のようだった。」店屋がならんでいるが、「街には生気がなかった」。季節は秋のおわりだろうか。人々は、「夜を徹して休むこともなく道を歩いているように見えた。彼等の首は肩の中にめりこみ、彼等の背は前に屈んでいた。〔…〕どの一人も他人に対して孤独だった」。

そんな通りで「僕」がはじめて声をかけたのが、大きな鞄を持った老教授だった。のちに審問の場で老教授が言明したところによると、この世界に展開しているのは、「実際の生活を裏返しにしたもの」であって、「意識の生活に対応する無意識の生活の場所」なのである。ちなみに老教授は、「現在の自我意識は存続しながら、時間と空間とから遊離して存在しているが如き感じ、覚醒していながら睡眠状態にあるが如き感じ、そういった意識の落し穴」を「暗黒意識」と命名し、「それらはすべて死後の世界の記憶」であることを発見した心理学者だという。そしてもうすこし教授の言葉を借りれば、「此所の生活は無意識によって成り立って」いて、「意識はただ過去の人生を思い出すことの努力にのみ集注」される。さらに、「僕」のポケットにいつのまにか自分のアパートの鍵をひそませてくれた親切な踊子は、ここには眠りはなく、夢は夢ではなく自分の過去の時間に立ち会うことであり、そうやって自分の意識をだれもがつくっていって、「秩序に帰るための義務を果して行くのよ」と話してくれた。そう言ってから踊子はすぐに、ここでは説明することは禁じられていて、人は自分の力で何ごとも知らなければならず、知ろうとすることは反逆になるのだとつけ足し、口をとざした。そして法廷でいつか新生が宣告されれば、現世にもどれるというのだ。

そのような断片的な話を、のちに喫茶店で会った男はこう整理してくれた。「君は君の過去をまだあまり思い出していない。が、そのうちに色々なことを思い出すだろう。すると悔恨が君の胸を締めつけるだろう。すべてを忘れ去りたいと願うだろう。此所では忘却は新生なのだ。新生する、秩序に生れ変る、それ以外に完全な忘却というものはあり得ないのだ。だから誰も彼もが上告する、誰も彼もが必死になって思い出し、必死になって新生の判決を待ち焦れる。」したがって、「生活というものが、此所ではただ二つだけのことに限られている。〔…〕自分の生に立ち会うこと、そして他人の生に立ち会うこと。言い換えれば夢を見ることと、法廷に出ること」である。

いまは冥府の人々の運命を左右する法廷について書いておかなければならない。それは「新生か否かを決める」機関であって、七人の法官から構成される。そして「我々の中の無意識が、我々を法官として選び、七人の無意識の総和が一つの意志として被告を裁くのだ。だから裁く者は、いつかは裁かれる者なのだ」。こう男は喫茶店で教えてくれた。

「僕」がみんなとおなじように街をさまよいながら得た知識によれば、新生の判決を受けたいものは、倉庫のなかであろうと、公園のなかであろうと、住居のなかであろうと、あらゆる場所で「開廷」が宣告されれば、そこに法廷ができ、被告とされる。そしてその場にいあわせた雑多な七人が法官となって、新生したい被告をかこみ、法官のだれかひとりが裁判長となる。被告はそこで、まず「善行者」とか「嫉妬した者」とか「知識を追った者」といった、みずからの冥府における通称を名乗り、ついでみずからの現世における死の状況を報告しなければならない。そのあと、生前自分の生にどのような意義を発見したかを具体的にあきらかにする、「死の準備」について語ることが義務づけられる。こうして最後に、被告の申し立てを聞いた七人が口々にそれを批判し、新生を許すか上告却下するかの判決をくだすわけだ。したがって冥府で生活するすべてのものの唯一の希望は、自分の法廷が開かれて新生の判決がくだされることにある。

もっとも「僕」に冥府のこうした仕組みを正確に教えてくれた喫茶店で会った男は、「自殺者」と名乗り、「僕」に「秩序に帰ったところで、また同じような愚劣な人生を繰返すだけだ」とうそぶき、冥府の人々にたいして超然とした態度を見せていた。ところが驚いたことに、後日バスの車内で彼を被告として法廷が開廷されたのである。そこにいあわせたため法官となった「僕」は、いま新生を希望している「自殺者」が、「僕」に「秩序に帰ったところでまた愚劣な人生を繰返すだけ」と言ったことをあげて追究すると、「自殺者」はこうこたえた。「……あそこでは死ぬことの他はすべて愚劣でした。しかし諸君、あそこでは一つの愚劣さともう一つの愚劣さとの間で、そのどちらかを選ぶことは出来た。戦争か平和か、ファッシズムかマルクシズムか、〔…〕この女かあの女か、少くとも、生きるか死ぬか、〔…〕しかるに此所では、自分で撰ぶことは〔…〕何一つ出来やしない！」そして大声で叫びだした。「秩序では最後には死があったのです。死は、本能的な恐怖に守られて、一切の愚劣さの救いとして存在した。しかるに此所には、死さえもない。僕等が空しく待ち焦れているのは、新生の判決です。しかしそれも僕等の意志とは関りなしに、つまり獲得するのじゃなくて与えられるのです。それは恐怖じゃなくて希望なのです。しかし意志の働かない希望なんか、実に愚劣じゃないですか。つまり秩序に於ては、死が人生の恐怖を代表しているのに、此所では、新生に至る日常が恐怖そのものなのです……。」むろん「自殺者」の上告は却下された。

そのような冥府で「僕」はどのように暮らしていたか。

「僕」が踊子を知ったのは、意識を回復した夕方、突然呼びこまれた法廷で隣りあわせしたからだ。「あなたね?」と言って少女のようなあどけない顔をして寄ってきた彼女は、「あなたはまだ何も思い出さないのね」とときき、「愛しすぎた者」と名乗り、鍵を持っているはずだから家へ帰っていなさいと言い残して去った。こうして彼女のアパートの一室で夢を見て目覚めたあと、帰ってきた踊子が、「僕」の疑問にはかばかしくこたえてくれないので、気の短い「僕」はそこを出た。だがふたたび法廷にかかわってから、踊子のことを思い出してアパートにもどった。こうして冥府におけるふたりの生活がはじまった。「僕」の記憶では彼女の澄んだ眼しか思い出せない。しかし踊子は、「あなたの心の隅に、それがあるのだかないのだか分らないように、かすかにわたしというものが生きていればいいの。そういうふうにしか、あなたにとってわたしという者の存在は許されていないのよ」と言った。そして「あたしはあなたと御一緒にいつまでもこうして暮していたいわ。〔…〕でも、きっとあたしの中の無意識はそうは思わないのね」とつぶやいた。そうやって踊子と暮らしいろいろ思い出すにつれ、「僕は僕が誰であったかを次第に知った。しかし僕が誰であるかを知ることは出来なかった」。「君は一体誰なんだろうね?」と「僕」がきくと、怯えたように「僕」を見、「此所では思い出すことが義務なのよ。〔…〕わたしたちの思い出は、みんな苦しい、辛い、厭なものばかりよ。しかしそれをみんな思い出して、法廷で新生を宣告されなければ、完全に何もかも忘れて生れ変ることは出来ないのよ。〔…〕でも〔…〕思い出さないからこそ、わたしたちはこうして暮していられるのかもしれないのよ」と告げた。そういう踊子に「君はなぜ知ってることを僕に教えようとしないのだ」と迫った「僕」は、言を左右にする彼女に、それなら教授にきいてみると言って立ちあがった。泣いて思いとどまるよう懇願する踊子を振り切って「僕」は扉を出た。「あなたはきっともうわたしのところへ帰って来ないわ」と、踊子が泣き声で「僕」にすがったが、空しかった。

たまたま公園における老教授の法廷に立ち会った「僕」は、そのまま教授の家の食客となった。そこで「僕」はさまざまな過去を夢として見た。ある日あてもなく歩いていくと、陽のさした川岸の堤防に出た。そこで子供たちが遊んでいる。すると、中学生のころ女の子に「僕」

がお金をわたしている光景が夢に映しだされた。堤防をあとにしてから、その「可愛い少女」が「踊子」であることに気がついた。「どんなに僕の一生が惨めで、下らなくて、無益だったとしても、あの幼い日に、僕は悔いることなく愛していたのだ。」そして大急ぎで街にもどった。

しかしもう踊子のアパートは「僕」の記憶にはなかった。やみくもに歩いていくとストリップ劇場のまえに出た。飾り窓に踊子の写真がある。「僕」が楽屋に入っていくと、踊子が鏡台にむかって本を読んでいる。「僕」を認めて彼女が立ちあがり歩いてきたとき、「開廷！」の叫び。照明係が裁判長となって、半裸体の五人の娘たちと「僕」で法廷が構成された。踊子は家が貧乏で弟妹は早く死に、好きな人がつぎつぎできたが、だれもが自分の愛情をうるさがって離れていったとしゃべった。照明係が、「もっと思い出したことはありませんか？」と口を挿んだ。踊子は身をふるわせ、すばやい視線を「僕」に投げかけてから話しだした。「子供の頃、わたしのとても好きだった人がいます。その人は中学生でした。一度わたしが大事なお金をなくして泣いていた時に、その人がわけを聞いて、お金を持って来てくれたんです……。〔…〕わたしはそんなことがなくても、その人が好きでした。わたしは初めて、好きだというのがどんなことか知ったんです。それからもずっと好きでした。でももう会えませんでした。〔…〕いつでもその中学生の面影を追っていたんです。」女たちが口々に「新生に値するわ」と話しだした。「僕」は夢中になって叫んだ。「却下だ！　この女は叛逆を犯したんだ！」不安な沈黙が落ちた。「僕」は叫びつづけた。「僕はこの女と、此所で、一緒に暮したことがある。その時この女は、此所のことを、記憶とか、悔恨とか、法廷とか、新生とか、色んなことを、僕に教えてくれたのだ。これは紛れもない叛逆だ！　当然、却下に値する罪だ！」そのとき編物をしていた女が叫んだ。「それこそ、この人が愛していた証拠じゃないの！　この人は叛逆さえ懼れなかったんじゃないの！」娘たちが全員立ちあがっていっせいに叫んだ。「新生！」「新生！」それが怒濤のように押しよせた。「新生！」と照明係が手をあげた。「新生！　この女から一切の冥府の記憶を剝奪せよ！　この女に完全なる忘却を与えよ！」

気がつくと「僕」は歩いていた。踊子はもうここにはいない。しかし「秩序」にいったとしても、いつかはここに帰ってくるだろう。待てばいいのだと、「僕」は自分を慰めた。そのとき肩を叩かれ、振りむくと自殺した友人だった。ふたりで空地の材木に腰をおろした。「僕」が法廷について訊ねると、「新生の希望を持っている限り、絶対に、法廷で新生を宣告されることはないのだ。ほんの少しでもそういう希望があれば、必ずや却下されるのだ」と言ってから、君が第一回の法廷を経験するのは、「秩序」における人生に相当する期間待ってからのことだ、しかも法廷とつぎの法廷とのあいだも、生から死までの長さが必要なのだと説明した。「僕等はそうやって希望をすりへらしながら歩いて行くのだ。遂には微塵も希望が残らなくなるまで……。」別れてまた歩きだし、「僕が新生の判決を受けて秩序へ帰ることが、殆ど不可能なほど遠い先のことだとしても、彼女の方がやがて此所へまた帰って来ることは確実なのだ」と思った。そのとき、「おめでたいな、君は！」と言う友人の声が聞こえた。「僕」ははっと気がついた。「もし踊子がまた此所へ帰って来たとしても、依然としてその時の彼女が同じ踊子であるかどうかは分らない」ということに。その可能性はほとんど零に近いのだ。「僕」はよろめき、また歩きだした。

「慰霊歌」第一章には、療養所生活についての感想を記した文章がある。「この病気は長い。最初の間、病者は外界にゐた時と同じ尺度で時間を測る。〔…〕ただこの手術を受けさへすれば、ただ半年の間我慢して安静に寝てゐれば……。そして日が過ぎて行く。第二の時期が来る。生活は依然として単調であり、病状は恢復せず、未来はますます遠ざかり、どのやうな美しい空想も無益に、色褪せて映る。そのやうな時に過去が、過ぎ去つた時間への追憶が、生き生きと彼の脳裏に甦つて来る。〔…〕病者は思ふままに彼の過去を再び生きる。そして日が過ぎて行く。遂に過去が、その無益な時間の屍《しかばね》を積み重ねて彼に現実を認識せしめ、時間のもつ固有の屍臭によつて生を完全に麻痺させる時まで。」

まさしく福永武彦の「冥府」は、当時の結核療養所における患者の世界をそのまま写しだしたものだったのである。そして「僕」はそこで、ひとたびははかない、ひそかなる幸福を見いだしたものの、みずからの身勝手で軽率な行動によって自分の手でその小さな幸福を握りつぶし、永遠に希望を失って彷徨にみずからを追いやったのにほかならない。

わたしは療養所生活の裏面を寓話仕立てであばきだしたこの小説が、青春の愛と死を純潔に美しく描きだした『草の花』の直後に発表されたことに注目したい。彼自身長いこと結核患者として療養所にいた福永武彦は、『草の花』という一種高潮した青春挽歌の背後にひそむ闇の世界を、「冥府」として『草の花』の直後に書かずにはいられなかったのではなかろうか。わたしは「冥府」を『草の花』から切り離して考えることはできない。

ついでに書き添えておけば、「冥府」とともにふつう「夜の三部作」と呼ばれる一九五四年十二月発表の「深淵」も、五五年十月単行本として上梓された『夜の時間』も、「冥府」とおなじように『草の花』と関連づけて考えなければならない作品だと、わたしは思っている。すなわち、療養所で九死に一生を得て信仰にいっさいを捧げた女性が、療養所の賄いで働く元放火殺人犯を信仰に導こうとしてみずから破滅する運命を描く「深淵」も、自分の恋人を、自殺を公言する親友にその死の直前に陵辱されながら、彼女が友人を愛していたのだと信じて去っていった男が、四年後誤解をといて彼女とふたたび結ばれるまでの内面の苦悩をたどった『夜の時間』も、愛と死と信仰の問題に正面から取り組んだものであって、それこそ「冥府」である療養所以外では構想しえない作品だったのである。

こうして『草の花』を代表とする一九五四、五年の作品を書くことによって、実生活におけるとおなじように、福永武彦は療養所生活から現実への復帰をはたしたと言うことができるであろう。(3) それと同時に、「ひそかなるひとへのおもひ」にはじまる青春に、いまやはっきりと終止符の打たれたことを認識しなければならない。『草の花』一連の作品は福永武彦にとって、「歌のわかれ」を意味するものだったのだ。

『草の花』は、一九五四年四月新潮社の「書き下ろし小説」として刊行されたが、それにつづいておなじ叢書の一冊として五月に中村眞一郎の『夜半楽』が、六月に三島由紀夫の『潮騒』が、それぞれ上梓されたことも書き添えておこう。

注

(1) 福永武彦は恋愛と友情について、一九五六年一月『群像』に発表した「友情の中の愛」にこう書いている。

「友情というものは、恋愛とは対照的なものと考えられているし、また恋愛へ移行する前提的な精神作用とも考えられている。つまり、同性の間に感じられる愛――同性愛という意味ではない――と異性の間に感じられる愛とを、二つの別箇のものとして見るか、或いは前者を後者へ至る一つの道程として見るかである。しかしその何れの場合にも、そこには愛があり、愛の本質には変りがないだろう。〔…〕

〔…〕僕は今でも、十代の終りごろに人の経験する友情、殆ど異性への愛と同じ情熱と苦悩とが、プラトニックであるだけに一層純粋な観念として体験される友情に、深い意義を覚えている。愛というものはすべてエゴの働きだが、このような友情は無償の行為というに等しい。この殆ど無意味とも思われる愛、相手が同性であるだけに一種の疚《やま》しさと心苦しさとを感じ、その愛の充足がどのようになされるのか、それさえも定かではないような愛の中で、人は自分の魂の位置を測定する。つまり愛するということは自分の魂を見詰めることであり、それは異性への愛の場合と少しも変らない。」

（2）『草の花』にはエピグラフとして、新約聖書『ペテロ前書』第一章二十四の次の言葉が引かれている。「人はみな草のごとく、その光栄はみな草の花の如し。」ただしこれだけではそれを引いた作者の意図も明確にならないので、以下にその前後の二十三から二十五までの文を引いておく。

「[23]汝らがふたたび生るるは、壊《くつ》べき種によるに非ず、壊べからざる種、すなはち窮《かぎり》なく存《たも》つ神の活ける道《ことば》によるなり。[24]それ人はみな草の如く、その光栄はみな草の花の如し。草は枯れ、その花は落つ。[25]しかれど主の道《ことば》は窮なく存なり。汝らに宣伝《のべつたふ》る福音はすなはちこの道《ことば》なり。」

（3） 福永武彦の実生活について略記しておけば、一九五三年三月清瀬の東京療養所を退所し、翌四月学習院大学文学部専任講師に赴任、十二月に岩松貞子と再婚している。

Ⅲ　小説の冒険

1

中村眞一郎は、一九五五年七月、戦後十年の文学を回顧してこう書いている。

「戦争直後にいわゆる戦後派の運動が台頭した時は、日本全体が西欧的思考や西欧的社会形態に対して、明治初期の文明開化の時代に比較することができるほどの、旺盛で真摯な好奇心を示した時期だった。その潮流は世界政治の（なかんずく、米占領軍の方針の）急速な変化に伴って、やはり急速に後退した。社会が保守的な形で再建されて、一応の小安定を保つと共に、文学界も、保守的な文壇の復興が行なわれた。」（「十九世紀小説の頽廃と二十世紀小説の展開と」、『ジョイス研究』英宝社）

こうした十年の変化を端的に示したのが、一九四六、七年にいっせいに発表されだしたまったく新しい長篇小説、具体的にいえば、プルーストとジョイスにはじまる西欧二十世紀小説の内面化、そしてドストエフスキーのポリフォニックな世界を日本に移植しようとした埴谷雄高の『死霊』、中村眞一郎の『死の影の下に』、野間宏の『青年の環』のその後の運命であろう。すでに記したように、中村眞一郎の『死の影の下に』五部作は、四八年に『シオンの娘等』、五〇年に『愛神と死神と』、五一年に『魂の夜の中を』と順調に発表され、一九五二年十一月の『長い旅の終り』によって完結した。しかし埴谷雄高の『死霊』は、四八年十月に、それまで『近代文学』に連載された第一章から第三章までが『死霊　第1』として真善美社から刊行されたあと、連載は四九年一月までで休載となり、五五年七月に『群像』に第五章が掲載され、第六章は六一年四月と、一九四九年以後は六年に一章というかたちで細々と連載がつづけられるのにすぎない。他方野間宏の『青年の環』は、一九四九年四月に、それまでの雑誌発表分が『青年の環』第一部とまとめて河出書房から刊行され、第二部が『文芸』に連載ののち五〇年九月におなじく河出書房から上梓される。ところがそれからほぼ十二年間中断の時期を迎えることとなった。

この『青年の環』の休載が、いわば同志ともいえる中村眞一郎にどれほど大きな衝撃をあたえたかは、一九五六年十月の埴谷、野間、武田泰淳、堀田善衞との座談会「第一次戦後派の基盤」にうかがうことができる。その席で戦後を「星雲状態」と形容した中村眞一郎は、「そういう星雲状態が去ったという時期の経験として、ぼくとしては一番深刻だったのはね、野間君が『青年の環』を中絶したっていうこと。今迄の方向で押すことを、突然やめて、ニュウトラルなスタイルで短いものを書き出したんだな」と語り、「ぼくには時代の空気が創造的なものから遠ざかっていくように感じられたな。で、それが何か野間君を立ち往生させちゃったような気が、ぼくはしましたね」とつづける。それは野間宏が政治と深くかかわりあったときでもあったのだ。

まさしくそのように文学の世界そのものが急速に保守化していった一九五五年から十年、皮肉なことに、その間もっとも華々しい活躍を見せたのが、文学の戦線に復帰したばかりの福永武彦だった。ごく大ざっぱに概観すれば、この時期福永武彦は、その名が三月に一度は文芸雑誌はじめ多様なメディアにあらわれたばかりか、加田伶太郎のペンネームで探偵小説を書き、『古事記』『今昔物語』の現代語訳を手がけ、アカデミックな労作『ゴーギャンの世界』を世に問い、さらにみずから中心となって『シャルル・ボードレール全集』四巻の翻訳・編集・刊行をおこなったのである。

その福永武彦は、一九五八年十一月の『群像』に「小説の方法について」を発表し、既成文壇の常識にきびしい注文をつけている。福永は述べる——「我が国の批評家が、特に小説を論じる場合に、その内容のみを問題にして方法について論じる習慣のないのが、僕には不思議でならない。多くの作家論はあっても、そこでは作家の生きかたの問題が主として扱われるので、書きかたの問題は大抵いい加減のところで済まされる。その結果、作品を論じる場合にも、その作品の技術的方法よりは、人生論的な教訓の方に多く照明が当てられる。」だから、「冒険的な新しい方法を採用し、それによって批評家の注視を浴びるような作品は、殆ど数えることが困難である」。このような現状批判のあと、日本の小説にたいしてこう提言するのだ。「「方法」と呼ぶ以上、それは新しい技術、人のやってみない冒険を意味するのでなければ面白くない。敢て言えば、方法それだけを目的としたような、奇抜な小説が出て来てもいい筈だ。一部の卓越した批評家にしかその意義が分らず、多数の読者はあれよあれよと見送るような小説、それが結局は小説全体を推進させるのではないだろうか。」この一文は次のような言葉で結ばれる。「我が国の文学のために目下最も必要なのは、少数者のための小説、それも独りよがりではない、作者ひとりのための小説であるように思う。」

想像力が興味ぶかい効果をあげる、そのような「奇抜な小説」が、大がかりな長篇小説より短篇小説において実現されやすいことは言うまでもない。まさに戦後十年ののちにきたこの保守的な時代に、福永武彦はこれまでとはちがって、中短篇小説によりじつにさまざまな小説手法の実験を敢行するのである。彼は戦前からフォークナーの小説に関心を抱いていたが、晩年の一九七九年の「フォークナーと私」(『ウィリアム・フォークナー』南雲堂)のなかで、フォークナーに自分が学んだ技法上の問題として、「一、時間の問題、二、作中人物の視点の問題、三、イタリック体の問題、四、「ヨクナパトーファ」の問題」の四つを挙げている。それを念頭においたうえで、この時期の福永武彦の小説をみていこう。ただしその場合、小説の方法はあくまでも小説の主題によって決定されるという大前提を見失ってはなるまい。

2

福永武彦はおりにふれて、「私はもともと子供の頃のことを殆ど思い出さない」（「私の揺籃」、『新潮日本文学全集 福永武彦集月報』一九七〇年）と語っていたが、それだけにその幼年時代を解明しようとした作品はすくなくない。わたしはその原型を、一九四八年三月の『人間』に発表した、ごく初期の短篇「河」のうちに認めたい。

「河」に描かれる「僕」は、七、八歳だろうか。母親が「僕」の誕生と同時に死去し、その後田舎にあずけられていたが、最近父親に引きとられ、いまは大河に近い小さな家に婆やと三人で住んでいる。まだ父親をなんと呼んでいいかわからないまま「ねえ……」と呼びかけると、「お父さんと呼べ」という鞭のような言葉がかえってきた。その父親は、婆やがいないと、亡くなった母の衣裳を「僕」に着せ、いつまでも黙って見つめている。それだけに「僕」は、想像できない母親のことが知りたくて、父の留守中簞笥をあけて母の形見の写真を探した。そこへ父親が帰ってきて「僕」は投げとばされた。何をしているんだと怒鳴られて、お母さんの写真が見たかったとこたえると、父は、「あれの写真か。あれは駄目だ」と言ったあと、「いいか、〔…〕あれを殺したのはお前なんだ。〔…〕口惜しい口惜しいと思って死んで行ったのだ」と、ひとつの観念を追いつめている暗い瞳を「僕」にむける。「お前という者が、あれの命も、己の幸福も、みんなさらって行ってしまったのだ。」その日「僕」はひとりで河べりにいって泣いていた。そして降りだした大雨にあたって寝こんでしまった。病いの癒えたあとまたひとりで河べりにすわっていると、そこへ父がきて、この河をくだったところに親しい友人がいるからそこへいくようにと話しかけ、こう語った。「お前は母親の呪いのもとに生れた。父親の憎しみを背中に負っている。お前はまったくの一人きりだ。兄弟もなければ友達もない。しかしお前は、誰にも頼らずにお前一人の道を歩くだろう。私なぞの知ることもなかった真昼の道を……。」

この短篇はそれだけで福永武彦の幼年のすべてを語りつくしていると思う。この「河」を起点として、福永のいくつかの幼年小説は構想されていくのだ。

一九五四年十一月『文学界』掲載の「夢みる少年の昼と夜」は、「河」とは対蹠的な明るい好短篇である。

三十八歳の勤め人の父とお手伝いのお鹿さんと暮らす「僕」遠山太郎は十歳。夏休みになって父の神戸への転勤が一週間後と決まり、太郎は学校に書類をとりにいくことを命じられる、その一日の出来事がここには描きだされるのだ。この作品では、太郎が心で考えたことは、アルファベットのイタリック体にあたる片仮名ですべて表記され、主人公を三人称で書く叙述部分とは区別される。もっとも夜になって就寝した太郎が見る夢の部分は、ふつうの文体で記述されている。

太郎は無類の読書好きで、いまはギリシャ神話、とりわけペルセウスのゴルゴーン退治に取りつかれている。しかも彼は難解な字句や固有名詞を単語帳に書きこみ、その単語で自分のための呪文をつくりだし、新しい行動に移るときはかならずそれを唱えるのを習慣とする。

物語は、おじいさんにもらった鳩時計が鳴って昼寝から目覚めるところからはじまる。昼食のあと学校へいくため家を出る。いつも門が閉まっている愛ちゃんの家のまえを通りながら、愛ちゃんと一度だけ話したときのことを思い出す。休みだから学校にはだれもいない。でも教員室には青山先生がいた。そこへ太郎の名づけるサムソンこと村越先生がワイシャツを腕まくりして入ってきた。村越先生から書類をわたされ部屋を出るとき、青山先生に「さようなら、先生のこと忘れないでね」とやさしい声をかけられると悲しくなったが、廊下に出るとふたりの甲高い笑い声が背後から聞こえてきて、がっかりした。砂場でいじめっ子の友吉に相撲に誘われたが、ことわってお寺の境内を抜け、アブクちゃんの家へいった。そこで約束どおり単語帳を見ながらペルセウスのお話をはじめた。ところが自分にも聞かせてほしいという女学生の姉の好子さんのたのみをきかなかったため、アブクちゃんと好子さんが取っ組みあいをはじめ、太郎はそのまま帰ってきた。

「ギリシャ神話」の本を読みはじめたが、思い立って押入れから細長いボール箱を出し、それを持って直ちゃんの家へいく。お母さんが病気で御飯を火にかけていた直ちゃんに、お別れのしるしだと言って顕微鏡の箱を押しつけてもどってきた。風呂から出てカレーの晩ご飯をひとりで食べる。玄関があき、大柄の浴衣を着たお姉さんをつれて直ちゃんがあらわれた。お姉さんが母のかわりに顕微鏡のお礼にきたと言う。あの顕微鏡はすごいねと昂奮している直ちゃんは、これからお姉さんとふたりで縁日にいくらしい。太郎は、父が早く帰ってくれば縁日につれてってもらえるのに、今日もおそいらしい、と思う。花火の音が聞こえる。九時に床をとってもらって寝る。「太郎は団扇を使いながら自分の上に夜の重みを感じている。」

「石ニナル時ニハ、コウイウフウナ重ミヲ感ジルンダロウナ」と考えるうち、「縁日ニ行ッタラ、愛チャンニ会エルノジャナイカシラ？」と思いあたる。そっと着がえてそとへ出た。縁日を通ると、人相の悪い男が「夜中に墓地で」と低い声でつぶやいていた。心細くなって帰ろうとすると、見世物小屋の呼び込みのおじさんがなかへ入れてくれた。舞台を見あげると鉄の棒を使っているパンツ一枚の大男は村越先生だった。そこに出てきて背中に飛び乗った肉襦袢のダリラは、間違いなく青山先生ではないか。気がつくと隣りにアブクちゃんがいて、舞台は空っぽになっていた。太郎が立ちあがると、裸の女が柱にゆわいつけられている。アンドロメダで、ダリラが出てきて鞭で打つ。アブクちゃんがアンドロメダではなく姉さんだと言って鞭を振りあげると、「石にされるわよ」と好子さんが叫んだ。「夜の女王のお出ましだ」という声が聞こえてくる。愛ちゃんの友達の三代ちゃんがきたので、「愛ちゃんは?」ときくと、「愛ちゃんはとうに死んだわよ」と言い、低い声で「夜中に墓地に行けば会えるわ」と教えてくれた。山門のまえで友吉が邪魔しようとしたが、呪文で投げとばした。墓地のなかを走っていくと、お母さんが、おじいさんが、見知ったみんながいた。それでも走った。たしかに愛ちゃんはいたが、「太郎さんは意地悪したじゃない」と冷たかった。「夜の女王だ」「夜の女王が石に変えてしまうのだ」と、人々のつぶやきが高く低く響きわたった。太郎は一心不乱に逃げた。直ちゃんがこっちに逃げるんだ、「十二時を打つまでに家へ帰れれば大丈夫さ」と叫んでくれた。そのとき鳩時計が鳴りだした。「クックウ」とひと鳴きするごとに鳩時計が話す。「クックウ、と一つ。夜の女王があでやかに笑う。／クックウ、と二つ。直ちゃんが顕微鏡を持った手で行先を示す。／……／そしてクックウ、と最後の十二が鳴り終った。／太郎は眠る。」

　むろん昼の部分は叙述文だが、太郎が語るように、「いつでも現に読んでいる本の世界が、現実よりももっと現実的になる」ため、昼にかかわる叙述文もなかば太郎の夢想に近くなる。そして九時以後の夜の部分は叙述文だけで書かれるとはいえ、すべてが太郎の夢みている光景である。こうして現実と夢想とが、片仮名の純粋な太郎の内面の意識と混じりあって、ここには一種独特な幻想的な文章が展開される。例を挙げよう。昼の教員室に太郎が入ったときの場面だ。


——遠山君がわたしの担任だったのは、二年生の時までね、と青山先生が話題を変えた。大きくなったことねえ。あの頃は赤ちゃんだったものねえ。

太郎は見すかされたように赧くなった。赧くなるともう言葉が出て来ない。心の中で急いで呪文を称えた。

——ペルセウスは空を飛ぶ。

　メドゥサの首は人を石に変える。

——……急に気持が悪いって言い出したことがあったわね、そうそう、遠山君たらわたしのお乳をほしがったわね、わたしびっくりしたわ。本当にまだ赤ちゃんだった。

そう言いながら、先生の方が急に赧い顔をした。急いで訊いた。

——遠山君のお母さんはいつごろお亡くなりになったの？

——ずうっと前、小ちゃい時です、と太郎は答えた。声が出タノハ呪文ノオ蔭ダ。僕ハオ母サンノコトヲ覚エテイナイ。モシ呪文ヲ称エテオ母サンニ会ウコトガ出来タラ。青山先生ハ綺麗ダケドオ母サンジャナイ。オ母サンジャナイ人ノオッパイニ触ッチャイケナイノダ。

——遠山君はよく出来るし気だてがいいから、どこの学校へ行ったって先生に可愛がられるでしょう、と先生が言った。

太郎の眼が先生の胸のあたりへ行く。先生は胸の前で扇を使った。その小さな扇からはかすかに香水の匂がした。

すみずみまで計算しつくされた文である。こういう文によってギリシャ神話と太郎の夢と意識とが織りあわされ、読者のうちに暖かい明るい光を投げかけるのだ。しかしあらためて読みなおしてみるとき、その華やかな想像の世界の背後に、それで装わずにはいられない少年の孤独が浮かびあがってくる。

「まだ遅くはないだろう、塵から出たものは塵に、虚無から出たものは虚無に帰るとしても、その前に、まだ一切が失われたわけではないのだから、もう一度自我の原型に行き当り、嘗て幼い頃、無意識の裡に生きていた頃のその秘密を、もう一度自分のものにすることは出来ないだろうか、それが私の生の形見、それこそが私なのではないだろうか。」(「薄明の世界」)この言葉は、たぶん一九六四年九月に発表された「幼年」(『群像』)執筆の意図をもっともよく物語っているものにちがいない。

「幼年」は、「河」とも「夢みる少年の昼と夜」とも異なって、以上のような意図をもって福永武彦がみずからの幼年時代を探索した一種の検索記録にほかならない。そこでは「ふと折々、風のように、霧のように、精霊のように、彼を掠めて過ぎて行くもの」にまで眼が配られ、現実と夢、意識と無意識、現在と過去とが縦横に渉猟されていく。

全体はそれぞれ小見出しのついた十八の部分からなる。そして「就眠儀式」から「音楽の中に」までの九章では、みずからの眠りにかかわる回想にはじまり、その眠りのなかの夢が考察され、十番目の「海底の思い出の破片たち」で海のような記憶という貯蔵庫が取りあげられる。ついで内面の闇の自覚から時間に沿った脈絡で記憶の世界が喚起され、終章「夜行列車」で過去との訣別が語られるという構成となっている。各章の文は、現在の「私」が回想し考察する部分と、過去の自分を客観視して「子供」あるいは「彼」という三人称を使って表現する部分とにわかれ、しかもそれぞれのフレーズがひとつの文中に交互にあらわれ、異なる部分に移行するときには、どんな場合でも改行するという方法がとられる。したがってひとつの文のなかで「私」が「彼」に突然入れかわるという人称変化も起こるわけだ。

もうすこし具体的にみていこう。冒頭の「就眠儀式」には、母がいないため寝るときひとりで眠りにつけるよう「私」自身が幼いころから工夫考案した、寝床に入ってからの儀式が披露される。つづく「夢の中の見知らぬ人」には、幼時にいつもあらわれた女の人について書かれる。「子供はしばしば見ていたのだ。それは一種の顔のない女、それも大人であり、やさしくてすべすべした肌を持ち、きっとすぐにも現れる筈なのに、なかなか姿を見せなかった。ただ声だけは、彼が待っている間にもう聞え始め、／待ってなさい、もうすぐ行くから、／いま忙しいの、／お悧巧でしょう、もうじきだから、／と呼ぶ声、しかしその声も次第に（子供が成長するにつれて）薄れ、次第に聞えなくなり、一種の甘美な音楽のようなものに変って行き、子供の寝顔にかすかな微笑を残すだけになってしまった。」「夢の繰返し」では、河のそばに住んだことがないのに夢には河がよく出てくること、「飛翔」では、よく見た空を飛ぶ夢が語られる。闇をはじめて自覚した、東京へ出てきてからのアデノイドの手術を記すのが、「初めに闇」である。

後半に入って「錨」では、「私」にとって過去の埋もれた記憶を手探りするための錨のようなものが、日清戦争以前の軍歌「道は六百八十里／長門《ながと》の浦を船出して」だったと告白してから、その軍歌はかならず子供のころ佐世保の丘のうえから眺めた満艦飾の軍艦に結びつき、そこから海軍軍人だった伯父の母の盲目のおばあさん、さらに佐世保の記憶と切り離せない薄荷《はっか》の味のするロシア飴、そしてロシア飴は、「私」が護国寺近くの小学校に通っていたころ、受け持ちの先生に言われて綴方の時間に書いた満州馬賊の冒険譚へと飛んでいく。その軍歌をだれが教えてくれたかわからないけれど、それに「私」は「言い知れぬ魂のそよぎを感じた」のだった。また「暗黒星雲」では、記憶を回復し復習する手段がなければ、記憶は消えていくと記してから、「私の場合の最も不愉快な体験は勿論母の死であり、そのためか母の死に関して私は（今も昔も）まるで覚えていない。〔…〕そこにあるものは一切を闇の中に搔き消してしまう暗黒星雲のような一つの死であり、死の前後には虚無の空間が涯《はて》しなく幼年の宇宙につらなっていて、そこから嘗て私に親しかった地名が、木霊《こだま》のように響いて来るが、それさえもごく漠然とした印象にすぎ」ない。「そして私の記憶のうちで、半ば夢のような手応えのない破片としてではなく、一つの纏《まと》まりのある情景として浮んで来る最も古いものは、父に連れられて福岡から東京に来た時のこの長い汽車の旅の記憶である」と、最終章「夜行列車」がはじまる。「子供が遠ざかりつつあったのは彼の住んでいた故郷からというばかりでなく、彼が生きて来た幼年という時間のすべてから」であったことを確認したうえで、「坊やどこへ行ったの、早く帰っていらっしゃい、／その声さえも今はもう彼の背後の闇の中に残し、すべての過去の記憶が夢のように消え去るにまかせながら、多くの期待と少しばかりの不安とに心をいっぱいにして、彼のこれから住むべき大都会を目指して走る列車の振動に小刻みに身を揺すられていた」と擱筆されるのだ。

たしかに「幼年」には、幼時の記憶の混沌が現在の思考に導かれながらも、なお混沌のまま、一種散文詩のように展開していく面白さがある。しかし回想者を現在の「私」と過去の「子供」とに分離して叙述する手法が、現在と過去の持続の再現に成功しているかどうか、いささか疑問なきをえない。ともあれ、同一フレーズ中の一人称と三人称との主語の交代を文中の改行によっておこなうといった手法が、一定の効果を挙げてはいるようだ。

3

一九五九年四月の『文学界』発表の「世界の終り」は、「私」が丘のうえを貫通する一本道から空一面にひろがる壮大な夕焼け空を仰ぎ見てから、その日の深夜自殺するまでの「私」の意識の流れを追った作品だと、いちおう言っておいてよかろう。というのも、「私」の意識の流れは、一の「彼女」と四の「彼女（つづき）」の二章で描かれるだけで、二の「彼」では、おなじ時刻に家のある終点の弥果《いやはて》めざして疾駆する列車のなかの、半睡状態の夫「彼」の脳裡に浮かぶ「女」にかかわる記憶の断片が書きこまれ、三の「彼と彼女」ではじめて夫婦の氏名と過去三年余のふたりの生活が記されるという、多様な技法が駆使された複雑な構成をもっているからだ。

「夕焼が美しい。／夕焼が気味の悪いように赤く燃えて美しい。こんな美しい夕焼を私は今迄に一度も見たことがない。私が歩いて行くにつれ、街の上に帯のように長くつながった雲が、焔のように燃え始めている」と、「世界の終り」は書きだされる。「今日あの人が帰って来る」と一瞬思ったあと、「火事がやまない。〔…〕どうしてこういつまでも燃えるのだろう。何か特別のこと、大変なことでも起るのだろうか」と彼女の思いはつづく。「私は私に訊く、どうしてなの、と」。「世界の終りなのだ」と、だれかがこたえた。「そうなのかもしれない」と「私」は思う。「こんなに空が燃え続けて、私のまわりで私を包んでいる膜が次第にひろがって行って、そして私だけを残して時間が止ってしまっている。私だけが気がついている、時間が止って、世界が終るということを。」もう帰ろう。そして「私」は考える。「どうせ世界はいつかは滅びるのだし、それが今だってもっと先だって大した違いはない。それに私はもうとっくに滅びてしまっているのだから、前に、ずっと前に。私はもういないのだ。私はもう影なのだ。」

「後ろから誰かが来る。」立ち止まって振りかえると、「道のずっと向う、山脈に近い方の空間から誰かがこっちに歩いて来る」。「夕焼の空を背景に、その人の姿が黒い。不吉な前兆のように。滅びる世界のように。私の中の不在のものが少しずつ私の存在の方へ近づいて来る。私はそれを知っているのだ。」「勿論それは私なのだ。前方を見据えた鋭い眼、固く結んだ脣、痩せた頬骨の出たその顔、長い黒い髪、――勿論私だ。その私は、殆ど私にぶつかりそうになる程近づいて来る。歩くのをやめようとはしない。私は鋭い声を立てる。もう一人の私は、私の方を見向きもしない。すぐ側を掠めるように通りすぎる。」「お前が探していたのはその女だ。〔…〕私はその私を今までに一度も見たことがない。いつだって後ろ姿とか手の先とか足とか影のように動く形とか、ほんの一部分か朧げな全体しか見たことがなかった。」そしていま、「私は、もう一人の私がどこへ行ったのか知っている。どこで私を待っているのか知っている」。

一の「彼女」はここでおわる。つづく二の「彼」では、車中で夫の意識にあらわれるものがそのまま表記されていくのだ。まず妻の語った彼女の見た夢――海底にどこまでも沈む夢、ずっと北の果ての寂しい河のほとりにたたずむ夢、ボーイが跳び、そとで犬が待っている遠い街の喫茶店の夢……。それから彼女の訴える姑をめぐるきりのない愚痴。さらに妻が家のなかで見たという人影、診察室の抽出しをあける手、階段を降りてくる足、去っていく背中……。そういったものが列車の振動とともに甦ってくる。そして列車が弥果《いやはて》につくまでに、学会で妻を入院させるべきかどうか相談したこと、寂代《さびしろ》の妻の実家の父に報告したことも、いまははっきり思い出した。三の「彼と彼女」では、沢村駿太郎と多美という夫婦の名があかされ、父の死後病院を継いだ夫婦の三年十ヵ月の結婚生活、多美の妊娠と流産、そのころからの多美の不安、そして服毒自殺未遂が記される。しかるのち四の「彼女（つづき）」がきて、小説の焦点はふたたび路上の「私」にあわされる。

街へ入ってからのろのろと家へむかって歩く「私」は、自分に自分のための空間も時間もなくなったのはひとえに「あの女」のためだと思う。「思い出とか、希望とか、愛とか、愉しみとか、感情とか、みんなあの女が偸《ぬす》んで行った。あの女は影のように私に附き纏い、決して姿を見せずに私を嘲笑《あざわら》っている。この女が私を殺し、世界を終らせるのだ。」「私」はあの女を追って家へ帰り、二階へあがっていく。そこで「阿鼻叫喚の焦熱地獄」の煮えたぎる溶岩に自分が溺れていた夢を思い出す。「お前は一度死んだのだ。〔…〕死は夢ではなかったし、その中で私は幸福だった。私の魂は静かに休んでいた。／しかしそれはもう取り返せない。」それというのも、「あの人」が「私をそっと眠らせておいてくれなかった」からだ。「しかしお前の世界はお前のものだ。〔…〕私の世界は私と共に終るのだ。どんな恐怖も、どんな不安も私ひとりのもので、あの人の手には触れられない。それがあの人には分らないのだ。」だれかが「私」を呼んだような気がする。「お前は階段を下りる。」診察室のまえにいく。「今や私は知っている。この診察室の中で、誰が私を待つかを。何が私を待つかを。だから私はドアの冷たい握りを摑む。私はゆっくりとそれを廻す。私は中へはいる。／それはそこにある。／それはそこにある。私は見る。」

そこには描かれぬ「あの女」との合体こそ、「あの女」が「私」から離れてからの「私」の不安をしずめ、この「世の終り」を完成させるものにほかならない。そしてこの自己分裂による死への歩みは、ここに終止符を打たれる。それにしても、「世界の終り」を象徴する壮大な夕焼け空が全篇をおおいつくすこの作品では、世界の終焉が「私」の自己分裂とそれにともなう死と絡みあい、宇宙的規模の不気味な幻想小説をつくりだしている。それをささえるものこそ、分裂した「私」の内面を描きだす多様な人称と形象なのだ。

なお「世界の終り」では、「私」の住む北の果ての弥果と「私」の実家のある寂代というふたつの地名が出てくる。そのふたつはすでに一九五六年十二月に『群像』に発表された「心の中を流れる河」、さらに一九六〇年十月から『婦人之友』に連載される『夢の輪』にもみられる。それが福永の創作した北海道の架空の地名であることはあきらかだが、ここでフォークナーの小説がいずれもヨクナパトーファという架空の町を中心に展開されていることを思い出しておこう。福永武彦にもおなじような意図があったことはじゅうぶん推測することができるからだ。

「飛ぶ男」(『群像』一九五九年九月号)も、「世界の終り」のように、世界の終末と自己の分裂とをその主題としている。主人公「彼」が八階のエレヴェーターのボタンを押して、到着した空のエレヴェーターに乗りこみ、扉のあいている八秒間にも看護婦に見つかりつれもどされることなく無事に扉が閉まったところで、この物語がはじまる。「その瞬間に意識が止る。意識が二分される。一つは彼の魂、それは動かない、それは落ちない。それは依然としてあの高さ、八階の高さの空間の中にある。その鳥は依然として空中を飛ぶ。その隕石は依然として宇宙空間の中にある。もう一つは彼の肉体、それは動く、それは落ちて行く。エレヴェーターと共に烈しく落下する。撃たれた鳥のように、隕石のように。その二つとも彼だ。彼の意識は二つに分れ、その距離が見る見るうちに遠ざかる。垂直に。」「飛ぶ男」を読みすすめばわかることだが、主人公の「彼」は、下半身麻痺で歩けないし、生への希望を失ってはいないとはいえ命旦夕に迫った重病人である。だから「飛ぶ男」全体は、その「彼」が夢みたこと以外の何ものでもない。そして以後「彼」の物語は、八階の病室にとどまったままの「彼」と、一階に降りて建物のそとを歩きだした「彼」とのふたつに分岐していく。しかし八階のベッドによこたわる「彼」は、それから翌日の夕方までの二十四時間以上のあいだ、五回夢想にふけるのだが、その夢想の部分は片仮名で表記される。他方、夕暮れといってもまだ空が驚くほど明るい戸外に出た「彼」は、その空が完全に暗くなるまでの六時間ちかく、空を見あげながら街をぬけ大河の橋まで歩きつづけるのだ。その間のふたりの「彼」にかかわる出来事は、それぞれ五つの断片によって示されるのだが、ベッドの「彼」の二十四時間が歩く「彼」の六時間にあたるわけで、交互に描きだされるふたつの空間の「彼」らの時間は、物語の最後には、十二時間の差があるものの、ぴったりひとつに一致することとなる。

ベッドの「彼」は、洗面台の鏡に映して窓枠までの幅せまい空の切れはしを眺めている。そして「彼」の眼には、草のうえによこたわり空を仰ぎながら、若い男が女に、「僕ハキット前世デ、〔…〕自分ガ鳥ダッタヨウナ気ガシテイルノダ」と話している光景が浮かんでくる。そとへ出た「彼」は視線を建物の表面に垂直に這いあがらせ、屋根のつきたところの驚くほど明るい透明な空気にみちた空に感動する。つぎの場面は深夜二時二十分、闇のなかでベッドの「彼」は、巨大なふたつの白い手が何かを創っているのを見る。それは神の手で、神は獣や鳥や虫たちのあとに、神の像《すがた》に似せて神の智慧を授けられた翼あるものを創りだしたが、「最モ美シイ肉体ト最モ賢イ頭脳トヲ持ッテイタ」それに嫉妬してこわしてしまった。「人間ノ無意志的記憶ノ根源ニハ天使ノ記憶ガアル」と「彼」はつぶやいた。ビルの谷間を歩く「彼」の足許までいまや光は届かなくなり、「彼」の視線は周囲の壁のおわるところに、すっぽりとはめこまれている蒼い空を見た。「魂ヲ置イテ来タノダカラモウ考エルコトモナイ」と「彼」は思う。

夜明けに目を覚ました「彼」は、窓のしたの紐でカーテンをあけ、刻々と変わりゆく暁の空を見る。「未ダ誰一人空ヲ飛ンダ者ハイナイ」と思い、例外としてクレタ島の牢獄から翼をつくって脱出したダイダロス親子のことを考える。だが人間は虚弱になって自分の手足を使い獲物をとらえることもしなくなった。人間が翼あるものとして空に舞いあがれるのは、「何万年モ何億年モ先ノ夢ダ。〔…〕ソレガ人間ノ新シイ夜明ケナノダ」。夜があけはなたれると、看護婦が入ってきて朝の検診がはじまる。歩く「彼」のまわりではいまやネオンサインのあかりがふえていく。大通りのうえには永遠の静かさをたたえた夕焼け雲が拡がっていく。前方に鉄の橋が見えてきた。

午前の回診がおわり病室は午前の光でみたされた。小学生のころ砂浜で鷗の飛翔をまねて、砂丘のいちばん高いところから飛ぼうとして失敗した光景が甦える。「彼」は毎日砂丘のうえから飛ぶ稽古をした。いま「彼」は自分の身体が揺れるように感じる。ここは地上八階の高さだ。「透明な空気の中に漂っているような気がした。しかしそれは錯覚だった。」歩く「彼」は橋に達し、中央の高みから大河を眺める。地平線はるかに巨大な火の玉が浮かんでいる。「彼」は河岸に目をやっていちばん背の高い病院の建物を見つけた。「彼は何の感情も浮べずに、冷たい手摺の上に両手を置いたまま、いつまでもその建物を見詰めている。撃たれた鳥のように、地に落ちた隕石のように、彼の姿は動かない。」

開いた窓のむこうにしだいに暗さを増していく空が見える。そのとき身体がほんとうに揺れるのを感じた。天井に亀裂が走った。地震だ。壁が砕け、ガラスが割れ、天井がふたつに裂け、コンクリートの破片が飛び、暗闇を濃くしつつある空が見える。「大変ダ、地球ガ泯《ホロ》ビルンダ」、「オシマイダ、駄目ダ、ミンナ死ヌンダゾ」、「地球ガ壊レテ行クンダ、引力ガ無クナッテシマッタンダ」という無数の叫び。「彼」もまた身体が浮きあがり、ふわふわと空中にさ迷い出た。「コレダ、コレガ僕ノ待ッテイタ未来ダ。」あらゆるものが宙に浮いている。いままで都会だったところに、縦横に亀裂が走り、地面が割れ、引き裂かれ、砕かれて、それらがしだいに浮きあがりつつある。「コレハ終リノ日ダ。終リノ日ニ、引力ハナクナリ、地球ハ粉々ニ砕ケ、宇宙ノ中ノ塵トナッテ消エ失セテシマウノダ。ソシテコノ瞬間ニ、人間ハ初メテ空ヲ飛ブコトガ出来ルノダ。何ト自由ニ、ヤスヤスト、身体ガ宙ニ浮クコトダロウ。何トイウ自由ダロウ。」「彼」以外のまわりの空に漂う人々は、みな悲しげに絶叫していた。大音響が下界でとどろき、夜のなかに火と土と水と物とが入りまじって四散した。「彼」はしだいに息苦しさを感じはじめた。「コレガ空ヲ飛ブコトノ代償ダッタ。空気のない、冷結した、虚無の空間を、地球のさまざまな破片と共に、彼の死骸も漂い流れた。」

「今や彼は手摺に凭れて病院の無数の窓を眺めている。〔…〕僕ハ魂ヲアソコニ置イテ来タ。彼は何かを期待するかのように、幾つかの窓の一つから眼を離さない。」その窓のひとつに小さな人影があらわれる。その豆粒のような男はしげしげとこの橋を見る。次の瞬間、男は窓から身を乗りだして飛んだ。「落ちない、しかしその男は落ちない。飛んでいる。軽やかに空中を飛んでいる。それを見ている彼の顔に初めて会心の微笑が浮ぶ。何と気持よさそうにその男は空を飛んでいることか。両手を広げ、次第に橋の方に近づきつつある。口に微笑を浮べ、眼を大きく見開き、空ざまに見上げている彼の方へ、空を飛ぶ男の姿は刻々に大きくなる。」

地球の終焉とみずからの死を代償に空を飛ぶことに成功した男の物語である。一日のあいだにつぎつぎと変化していく大空を背景に、みずから分裂して世界の終末とみずからの死を呼びよせることによって、彼はついに空飛ぶ男というダイダロス以来の栄冠を獲得したのだ。シャガールの絵を思わせる、みごとな完成品と言わなければならない。

自己分裂をとりあげた短篇として、あと「鏡の中の少女」(『若い女性』一九五六年七月号)がある。

床においた三つの燭台の三本ずつの蠟燭に火をともし、床にあぐらをかいて自分のまえにおいたカンヴァスのうえに、そのカンヴァスのむこうのはしに立てかけた大きな鏡に映った自分を見ながら色をおいていく少女麻里——こうやって彼女は自分の逆さまの自画像を描く。麻里は美術学校にかよっていたが健康を害し、画家である父の許を離れ海岸近い別荘に移ってきているのだ。彼女は手先だけで描く父親とは異なって、描くまえに対象をじっと見つめ、対象が自分の一部、いや自分自身となってしまうまで筆をおろさない。だから対象はカンヴァスのうえで物から影にかわり、彼女のとらえたものが実体となるのだった。ある日教室で、クロッキー・ブックを開いて裸体のモデルを見つめているあいだに、モデルはどんどん大きくなり、紙をはみだし教室じゅうに拡がって彼女を押しつぶした。そこで麻里は、自画像なら物が自分とひとつになることの恐怖を感じないだろうと思って、これまでの抽象画をやめて自画像を描くことにした。こうして彼女は夜、鏡のなかに閉じこもり、そこだけで生き、鏡のそとに拡がる現実はただの影にすぎなくなった。「鏡の中の少女」こそ実在だった。ある夜ふと彼女は、父の弟子のひとりで恋人だった内山のことを思い出した。彼は麻里を天才扱いし、「僕等には恋をする暇もないんだからな」と言って絵に励んでいた。会わなくなって半年もたっていると思い、会いにいくことに決めた。すると「鏡の中の少女」が、あなたにはもう意志も自由もないのだと反対した。汽車に乗って麻里は、暗闇の世界が眼のなかにどんどん拡がっていくのを感じた。くるんじゃなかったと思ったがもう遅かった。

内山はカンヴァスにあいかわらず向かっていた。「どうして一度も来て下さらないの？ ひどいと思うわ。忘れたの？」ときくと、「忘れはしないさ。そんなことどうでもいいのさ」と内山。「あたしがこうして来ても内山さんにはどうでもいいの？」と泣き声になって訊ねると、「僕たちは平凡な恋人どうしじゃない筈だ。僕たちには芸術というものがある。〔…〕それに本当の恋人というものは、いつだって心の中にいるんだから」と、やさしく麻里の肩に手をまわした。「いつだって？」とききなおすと、「そうさ、僕たちは毎日会ってるのさ。昨日だって、一昨日《おととい》だって」。麻里は昨日と一昨日自分は何をしていたろうかと考えた。だれかに会ったのだ、あたしじゃないと思ったとき、「鏡の中の少女」が彼女を見つめていた。「お前なのね。」「麻里の中で、過ぎ去った時間が夜よりも巨大にふくれ上った。肩の上の手が、万力のように彼女を押し潰した。」

「お前なのね？」と鋭く叫んで、麻里は、あらゆる光線の明滅する夜の大通りを走った。「お前なのね、お前が内山さんに会っていたのね？」「そうよ、あたしよ。」夜の空には星がない。夜は暗い。いまは夜さえ不安なのだ。「内山さんはあたしのことなんかもう忘れた。内山さんの好きなのは……。」「そうよ、あたしよ。」「お前は一体誰なの？」麻里は力尽きていくのを感じながら叫んだ。「「あたしよ。分らないの？　あたしよ。」／鏡の中の少女がゆっくり麻里の前へ歩いて来た。その少女は笑った。その笑う顔が次第に大きくなる。夜のように大きくなる。それは夜よりも巨大になり、彼女を無慈悲に押し潰す。」

その日画伯はひさしぶりに別荘を訪れて、麻里の不思議な未完成の絵を見て、打ちのめされたように「天才の絵だ」とつぶやいた。夜になって別荘に電報がきて、画伯が飛びだしていった。窓の開いたままの部屋に立てかけてあるカンヴァスのうえに、月の光がくっきりと落ちた。少女の肖像の眼は、「嘲けるように遠くの方を見詰めていた」。

自己の分身への嫉妬を描きだした、背筋を凍らせるような作品である。

おなじ系統の作品としてもうひとつ、記憶喪失症を扱ったものをあげておこう。「形見分け」（『群像』一九六一年三月号）である。

男と女が入江に面した小高い丘のうえの赤い屋根の西洋館に住んでいる。男には記憶がなく自分の名前さえ思い出せない。戦争でひどいマラリアにかかり復員後再発して記憶が失われたと医師は説明した。そういう男の意識に浮かぶことは、本文にはさまれて行換えがおこなわれ、句読点がいっさい省かれ、その分のスペースが白地となって印刷されている。しかも小説全体はいっさい行あけがなく、びっしりと活字が詰まっているのだ。

男は記憶がまったくないが、かつて画家だったらしく絵を描くことはできるし、教養もあれば学問もある。記憶のないまま男が気がついたときには、もうこの西洋館でさっちゃんという女とふたりきりの生活がはじまっていた。去年の秋、さっちゃんの父親がこの別荘を借りてくれたのだが、「それ以前にはもう生活はない　というようなことが一体あり得るだろうか」という疑念が頭を離れたことはない。他方、「怖いのだ　すべてが明るく間違いなく確実になることが　〔…〕このままでいいじゃないか　絵も描けるし幸福な落ちついた生活もあるしこれで満足していてどこがいけないのだ」とも思う。けれどものちにあかされる真実では、男がべつの女に無理心中させられ、その衝撃で生き残った彼からいっさいの記憶が喪失したということなのだ。五年まえから彼の妻で、いま彼の看護に専心しているさっちゃんの心を占めているのは、「もしあの人が本当のことを知ったらわたしはどうなるのだろう」という不安であって、現在の平和を守るため治療と称して男が見た夢すべてを語らせ、つねに男の記憶の回復の度合を推しはかるとともに、男の描く絵をときどき訪れる父親に見せて、男の精神状態をうかがう——そのような記憶回復を阻止する手段を男のまわりに張りめぐらせているのである。

ところがある朝、女はこれまで抽象画しか描かなかった男が、女の顔らしきものを描いた。しかもその顔はおぼろげながら、むかしの女の顔であることを発見して衝撃をうける。朝食後、「ゆうべは不吉な気持の悪い夢を見た」と言って男の話しだした夢は、自分が棺に入れられていて、それを囲んで十人くらいのものが形見分けの相談をはじめ、そのうちの女らしいひとりが「僕の意識を貰い受けた」と発言したというものだった。男の描いた女も、「意識を貰い受けた」女も、男にはまったく記憶にないらしい。けれどもさっちゃんの何よりも怖れていた、「男の喪われた記憶が次第に歩み寄って来るその跫音」が聞こえだしたように思われた。女は村の公衆電話で早速父親に自分の恐怖をつたえ、「わたしの愛しかたが間違っていたんです。地獄だわ。〔…〕わたし決心した。言ってしまうわ」と語った。

その前日はじめてたったひとりの散歩に出た男は、浜辺で五つか六つの男の子に、こんど自分たちと一緒に沖合の生簀にいってみないかと誘われ承諾していた。そんなわけで昼すぎ、さっちゃんが留守のあいだに男の子が訪ねてきて、つれだって浜辺にいき、小学校三年くらいの男の子の兄とその仲間の四人で小舟に乗って、沖へむかった。沖から丘のうえの赤い屋根の西洋館がはっきりと見えた。そこで暮らしたいとだれかが言ったのに自分が同意したのはおぼえがあるが、それは「さっちゃんではない　さっちゃんの筈なのにそうではない　いつか昔」と考えだした。舟が生簀について、男と男の子を残し、年かさのふたりはすぐ釣りにとりかかった。ほどなく舟のふたりも呼ばれ、男は生簀の枠にのぼって歩きだした。そのとき前日の昼寝の夢に出てきた、I will kill you as I like you という俗っぽい節まわしが聞こえ、男は足を滑らせて生簀のなかに落ちた。「それと共に記憶の糸巻がくるくると廻転した。」男はかろうじて生簀の枠にしがみついて助かった。まっしぐらに浜辺へもどってくる小舟を、外出から帰ってきて男の「浜辺へいく」という置き手紙を見てかけつけた女が待っていた。舟が着くと男はせきこんで女に、「教えてくれ、さっちゃん。とにかく何が起ったんだ？　あの女は一体何をしたんだ？」ときいた。「ガスを出しっ放しにしたのよ、あなたと一緒に死のうとして。でもあなたは運よく助かったの。」男は思う、「あの女は形見分けにするようなものを何も持っていなかった　あの女は僕から記憶を奪いその代りにあの女の記憶を　あの女の意識を　あの女の魂を僕に残した　僕は今まで僕ではなかった　僕は死人だった　僕自身があの女の形見だった　しかし今は」。子供たちが濡れねずみの彼のために砂浜で火をおこしはじめた。大人たちも集まってきて景気のいい焔が夕暮れの空に舞いあがった。「男は泣いている女の手を引張り、その焚火の方へ歩き出した。／「さっちゃん、心配するな。こうして僕が生きている以上、僕はお前を愛しているよ。」」

記憶を失った男とその男を複雑な心境で看病する女との微妙な心理のやりとりが、男の意識を示す独特の文体とあいまって、作品を暗い世界からゆっくり光さす外界へと近づけていくその経過は、生簀で遊ぶ子供たちの無邪気な明るさに裏うちされ、「形見分け」を心あたたまる短篇に仕上げている。入江に面した丘のうえの赤い西洋館という、ヴァージニア・ウルフを思い起こさせる舞台装置もみごとな効果をあげている。

4

この時期福永武彦が書いたのは純文学作品ばかりではない。

まずSFとして「未来都市」（『小説新潮』一九五九年四月号）がある。

この作品の未来都市はまだ建設中だが、「人類が久しく望んでいた理想の生活が行われて」いる町で、そこでは「人民が自由・善意・希望に充ち、忌わしい情熱や、罪深い本能や、破壊的な感情に身を委ねることがない」。「市民たちは誰も親切で、善意に充ち、悪意の影も絶望の影もなかった。〔…〕科学はあらゆる領域に発展し、芸術はひたすら市民のために奉仕した。」そのかわりこの都市に滞在するものは、悪い病気がないかどうか、入市と同時にきびしい精密検査を受けなければならない。この町には、いまやレプラも癌も結核もほとんど存在しない。とりわけ精神医学の発達は目覚ましいもので、自殺者も狂人も絶無という。嘘をつくものもいないのだ。

他方、「芸術は市民の魂を清める、美しくする、幸福にする、そういう点に目的を持ち、しかもそれは健康で、明るく、翳のないものでなければならなかった」。そのためここでは、芸術は合作であることが奨励され、「未来的か否かという点」に批評の尺度がおかれ、「一人の個性よりは、十人の個性を合せた方がはるかに未来的」であると信じられていた。そういうことを裁定するのが絵画委員会の委員長、もしくは芸術局の局長である。かくて芸術作品はさまざまな要素の合作で、町には「古代ローマの遺跡と超現代的構成とを共存させた我々の合成建築」が立ちならび、ラジオからは奇妙な合成音楽が流れていた。個性的なものは排除されるのだった。

市役所には芸術局、科学局、衛生局、生産局、行政局があり、その五人の局長と「哲学者」と呼ばれる偉大な智慧をもつ賢人の六人で最高会議を開催し、万事が決定される仕組みになっている。長はすべて選挙で選ばれた。ただし「哲学者」だけは例外で、彼は丘の中腹の神殿とよばれる白壁のカテドラルに住み、「未来都市の生命はあそこにある」と、市民から尊崇されていた。

未来都市では、人間の頭脳が「忌わしい情熱や、罪深い本能や、破壊的な感情に身を委ね」ないよう、たえず刺戟されている。「哲学者」が人間の頭脳細胞ノイロンの化学的研究をすすめ、人間の悪の根源である異常ノイロンの破壊に成功したからだ。すなわち、ある種の宇宙線放射が緩慢におこなわれると頭脳が変化することに彼は注目し、新しい宇宙線を放射する神性放射Fulguration《フュルギュラシオン》の方法を発見したのである。未来都市に実験材料として誘拐されてきて定住することとなった画家の「僕」に、懇意の衛生委員は、「我々は、この放射によって、常に新しく現在を生きつつあるわけです」と得意気に語ってくれた。この宇宙線の発信所が「神殿」であって、そこに「哲学者」の設計にかかわる機械が設置され、一日じゅう微弱な神性放射がおこなわれている。そのため市民の異常ノイロンは弱められ、健全ノイロンが強化される。かくてみなもう夢を見ないし、睡眠は完全となって、悪しき記憶や無意識も活動ができなくなった。ただまだ作用が微弱なので、その有効範囲は未来都市内部にかぎられているが、やがてそれが強力となればもはや戦争もなくなるであろう。もっとも「僕」自身その健全ノイロンのためだろう、「僕」の絶望的な過去の記憶がしだいに薄れていくことは認めなければならなかった。ただし「僕の手、この絵筆を握る手だけが、僕の過去にそのままつながっているかのようだった」。

その手で「僕」がみんなから非難されるむかしながらの個性的な絵を、イーゼルを立てて公園で描いていたところ、「僕」の背後に立って「この風景の中には、お描きになった人の魂がありますす」と賞めてくれ、親交を深めることとなった婦人ローザが、じつは「哲学者」の妻だった。「未来都市」の後半は、このローザと愛しあった「僕」がローザを説得し、ふたりでこの都市から脱出することを決め、単身「神殿」に乗りこむというふうに展開していく。自分は人類の夢の奉仕者として、この都市の人たちを幸福にしたと誇る「哲学者」に、「僕」は、人間の頭脳を研究対象としてきた以上、あなたは動物ではない人間を実験材料にしたはずだと自分を例に引いて追究し、理想世界をつくるため人間を犠牲にしなければならないのなら、「僕は永遠に愚昧な、悪徳と狂気とに充ちた存在のままでいた方がいいのです」と論駁し、ついにローザをつれて立ち去ることを認めさせた。そしてふたりの乗ったボートが沖合にまで出たところで、陸地では大音響とともにカテドラルが崩れ落ちるのだった。

ドストエフスキーの『地下生活者の手記』が描きだした水晶宮の夢を、人間の内面に移行させたユートピア物語といえるだろう。そこに科学への不信と芸術への信仰が脈打っているところは、いかにも福永武彦らしい。

SF作品としてはそのほか、船田学のペンネームで発表された、二月十三日に木星探険のため月基地を出発し四月十日に連絡の途絶えた、五名の乗り組む国際宇宙船オーロラ号の運命を描く「地球を遠く離れて」（『別冊小説新潮』一九五八年一月号）、一九六一年の『別冊週刊朝日』一月号に掲載された、中村眞一郎、堀田善衞との合作「発光妖精とモスラ」がある。

また福永武彦は加田伶太郎のペンネームで、(1) いずれも文化大学古典文学科の伊丹英典助教授を探偵とする八篇の探偵小説を一九五六年から六二年にかけて書き、それらはのちに『加田伶太郎全集』（桃源社、一九七〇年）に収録された。ここでは、ちょうどこの時期に発表された「探偵小説の愉しみ」から、福永武彦に探偵小説を書かしめたものにかかわる部分だけ引用しておこう——「読者が作品に参加するという問題は、謂わば象徴主義の理論なのだが、二十世紀の小説が作者の意見を押しつける種類のものから、次第に読者の想像力を刺戟し、作品の中に空白の部分を残すようなものに変りつつあることと睨み合すと、探偵小説がはやることも、文学とまんざら関係がなくもない。アメリカ文学で、ヘミングウェイはこの種の象徴的な、読者の参加を求める文体を創始したが、〔…〕僕は何もヘミングウェイを論じるつもりはないし、ハードボイルド派の探偵小説は少数の例外をのぞいて、本格派のものほど好きではないが、ただ読者の参加を要求する小説方法というものに興味があるから、ちょっとそのことに触れてみ

た。」(『東京新聞』一九五六年五月九―十日)

5

このように広範囲にわたる小説の冒険がこころみられたそのおなじ時期に、日本の古い風土とそこにおける古風な家庭悲劇をとりあげた古典的作品が福永武彦にあることを忘れてはならない。一九五九年七月から九月まで『婦人之友』に連載された『廃市』である。

「僕」は十年もむかし、卒業論文を書くため、ある町の旧家で一夏をすごした。ところが最近、たまたま新聞でその町が火事で跡かたもなく焼けたという記事を読み、「その町で識り合った人たちのことを思い、あの町もとうとう廃市となって荒れ果ててしまったのだろうかと考えた」。そこから『廃市』ははじまる。

「僕が今でもその夏のことを思い浮べると、真先に眼に浮ぶのは、水の多い、ひっそりした、その町の風景である。水の都というのは古都ヴェニスのことだが、(勿論僕はヴェニスに行ったことはないが)この小さな町も或る意味では水の都と呼んでもよかっただろう。町のほぼ中央に大河が流れ、それと平行して小さ川《ちいがわ》と呼ばれる川が流れ、その両方の間を小さな掘割が通じていて、それらの人工的な運河は町を幾つにも区切っていた。どうしてそんなに沢山の掘割があるのか不思議なほどで、それは両岸を石垣で築かれて、あるかないかのゆるやかな水脚《みずあし》を示していた。その石垣の上に昔ふうの二階家が建っていたり、柳や竹の多い庭があったりして、小舟がその下を漕ぎ渡って行った。」

「僕」は夏のはじめ、叔父の紹介状をもって、「堂々たる門の中に木深い庭に囲まれたどっしりした昔ふうの建物」の貝原という旧家を尋ねた。「僕」にあてがわれたのは離れの二階で、庭さきに大河が流れていた。広大な屋敷だのに住んでいたのは、「古めかしい木彫の人形のよう」なお年寄りと、「僕」の世話をしてくれる「二十歳《はたち》そこそこの快活な娘で、この陰気な家には不似合なほど若さを蒔き散らしていた」孫娘の安子さんだった。そのほか、安子さんの姉の郁代さんと、そのつれあいで養子にきた直之さんがいるはずだったが、ついぞ姿を目にしなかった。もっともこの家についた晩、夜なかに女のすすり泣く声を耳にしたのだが。おじいさんの存命中は貝原家も羽振りがよかったらしいが、その後いろいろな事業に手を出して成功せず、直之さんが養子となったが、彼もいちおう会社をやってはいるものの遊興にもふけっている様子だった。姉夫婦のこととなると、安子さんの口も重くなった。

ある夕暮れ、安子さんが小舟で町を案内してくれたが、この町がすっかり気に入って、こんなところで暮らしたいと洩らすと、安子さんは、「そうかしら。こんな死んだ町、わたくし大嫌いだわ」と言下に決めつけ、「何の活気もない。昔ながらの職業を持った人たちが、昔通りの商売をやって、段々に年を取って死に絶えて行く町。若い人はどんどん飛び出して行きますわ」と言った。その帰途、「安ちゃん」と呼ぶ声がして、むこうからくる小舟に白い浴衣を着て貴公子然とした若い男が乗っていた。それが郁代の夫の直之さんで、別れしなに「僕」に、「私の方へもお遊びにどうぞ」と声をかけた。

その数日後、安子さんの母親の命日だというので、母屋の大座敷に親類縁者が集ったが、「僕」はそのあまりの数にびっくりさせられた。法事のあと「僕」のまえにまで黒塗りの膳が出てきて、陽気なざわめきのなかで、いるはずの郁代さんの見当もつかなかった。ただ直之さんが寄ってきて、「僕」に、「何かといえばこうやって集って酒を飲む。まあここでは旧弊な、因襲的な空気が圧倒的に強いんですね。もうじき三味線が鳴り出しますが、小唄とか謡いとか俳諧とか、そういう道楽には誰でもひとかどは通じています。そういう町なんですよ、此所は」と、この町を説明してくれた。そして、「要するに一日一日が耐えがたいほど退屈なので、何かしら憂さ晴らしを求めて、或いは運河に凝り、或いは音曲に凝るというわけです。人間も町も滅びて行くんですね。廃市《はいし》という言葉があるじゃありませんか、つまりそれです」と断定した。その夜酔いざましに庭に出て、舟小舎のほうで直之さんと安子さんの言い争う声を聞いた。

はじめて郁代さんに会ったのは、ある朝安子さんがひとりで小舟で出かけようとして「母のお墓参りに」いくと言うので、むりに同行させてもらったときのことだ。舟で大河をさかのぼり、舟をとめてから歩いて寺についた。そこで墓まいりをして本堂でお茶をいただいたあと、廊下を歩いていて奥をのぞくと、そこにすわっていた若い女性が郁代さんだった。「お姉さん、あきらめなさい。Aさんがいらっしゃったから、そんなに隠れんぼばかりは出来ないわよ」と、安子さんに引きあわされた。「安子さんより細面《ほそおもて》で、どんな人をも思わず振り向かせるような美しさ、それも悲劇的な感じのする古風の美しさがあった。」その帰路舟中で安子さんは、隠しごとをしていたのを詫びたあと、姉は兄が家にいないことを知らない、姉が寺に移ったあと兄は秀という女と一緒に家を持っていると話した。

七月下旬の三日間つづく水神様の祭とともに町は活気づき、華やかな色彩と音楽が掘割という掘割にあふれた。「ここではお神輿《みこし》の代りに、造花や杉の葉を飾り、沢山の提燈をぶら下げた大きな屋形船が、掘割を漕ぎめぐった。その船は艫《とも》の幕を張ったところを化粧部屋にし、御《み》簾《す》を欄干の三方に垂らして船舞台がしつらえられていた。笛や太鼓や三味線の囃子《はやし》が陽気に水の上に木霊《こだま》した。」「僕」は安子さんと小舟に乗って見物した。この船舞台に出るのは、町の人にとって最高の名誉で、腕があると認められなければ出してもらえない。そのかわり舞台に出るとなると、衣裳代からお囃子への付け届けから「大層お金がかかる」らしい。その晩の見せ場は「弁慶上使」で、しのぶという娘役の美しさに目を見張ったが、針妙《しんみょう》のおわさになっているのが兄、しのぶが秀だと安子さんが解説してくれた。翌日が最後の日で、その晩直之さんの小舟が近づいてきて誘われるまま「僕」は直之さんの舟に乗りうつり、直之さんの隠れ家につれていかれた。そこで直之さんは盃を手にして静かな声で、「郁代はとてもいい女です。〔…〕恋女房という言葉がありますが、私たちはまったくそれだったのです。今でも私は、郁代を誰よりも愛しています」と、秀のまえで「僕」に話しはじめた。ふたりのあいだの間違いのもとは、「郁代も私が好きだし、私もあれが好きだ。それなのにあれは、私の愛しているのは他の女で自分じゃないと固く信じてしまったのです。そして私がどんなに説明してもそれを聞き入れようとせずに、自分から寺の方へ逃げて行ってしまいました。〔…〕郁代がいなくなってから、私はどうにもやり切れなくなったんです。それでここに転り込んでしまいました」と、つづけた。そして秀の手を愛撫しながら、「おかしな話ですね、〔…〕私は秀と一緒にいる時に、まるで家庭の中にいるような、安らかな、落ちついた気持でいられるんです。それで心の中では、恋人のように郁代のことを考えているんですからね」と言った。「しかし奥さんは、あなたがこの人を愛していると思っているわけでしょう」と「僕」がきくと、直之さんは驚いたように、「いやそうじゃありません。秀じゃありません。あなたはそれを御存じない……?」と、「僕」の顔を悔恨にみちたまなざしでじっと見つめた。

それにつづけて「僕」はこう書く——「この一夏の印象が、僕にとって一種の頽廃に似た悔恨の色に染められているのは、ただに腐った水の匂や、人けない掘割に浮ぶ根のない睡蓮のせいばかりではない。」

八日のすえごろの午前中、突然女の叫びが聞こえ安子さんが離れにかけあがってきて、「僕」の手にすがって泣き伏した。「兄さんが死んだの、いま使いが来て。」兄が秀とともに自殺したと言う。「Aさんも一緒に来て下さい。わたし怖くて」と言う彼女に引きたてられるようにして隠れ家にいくと、「ゆうべ寝しなに睡眠薬を飲んだ」らしく、二組の蒲団がならべて敷いてあった。とりあえず直之さんの遺骸は貝原家にはこんで通夜ということになった。通夜の席におくれてきて正面にすわった郁代さんは、「僕がこの前見た時よりも百倍も美しかった」。そして「彼女の横顔にあるものは諦めではなかった。寧ろもっと強い怒りに似た表情だった」。読経がすむと、「安ちゃん、直之は秀と一緒に死んだというのは本当なの?」と、郁代さんの低い声が部屋のなかに意外なほど響きわたった。つづけて彼女は語りだした。直之が好きだったのは安子で、直之は自分と結婚しても思い切れなかった。だから自分は直之のことを思い切るつもりで尼寺に入った。自分は直之と結婚するまで、あの人が好きなのがあなたとは知らなかった。ふたりの仲を割くのがどれほど罪深いことかと思って、自分が尼寺に入ったのだ。「それなのに安ちゃん、このざまはなによ? 直之は死んでしまったわ、それも秀と、秀なんかと。」しばらくして安子が弱々しくこたえた。「お姉さんは間違っているのよ。兄さんが好きだったのはあなたで、わたしじゃないのよ。」まわりのものが引きとめにかかったが、郁代さんの眼は怒りで輝き、最後に、「それじゃ安ちゃん、直之に訊いてみましょう。一体誰が好きだったのか」と言って、棺にすがって号泣した。

「僕」が町を去る日、安子さんは停車場まで見送ってくれた。「これでわたし達の家の没落するところを、あなたが御覧になったというわけね」と彼女は言ってから、「お姉さんはまたお寺に行ったきりだし、おばあさんはお加減が悪い」とつけたした。「僕」が単刀直入に、「安子さんは直之さんが好きだったんでしょう?」と訊ねると、「ええ好きでしたわ。お姉さんもわたしも、二人とも夢中になっていたんですわ。でもね、兄さんが好きだったのはわたしじゃないんです」とこたえてから、「昔からわたしも兄さんが好きでしたから、お姉さんと結婚するときまって、わたしはとても悦んで、兄さん兄さんと附き纏っていました」と話しだした。自分のおてんばぶり、無邪気さが仇になって、人の口もうるさくなり、「お姉さんがそれに気がついて、そして邪推したんです。〔…〕お姉さんは嫉妬するような性質じゃなくて、自分が身を引くたちなんです。〔…〕それがかえって事をいけなくした」。そうして姉がいなくなれば兄もいにくくなって秀のところへいく、自分は急にひとりぼっちになってしまった——そんなふうに汽車のくるまで安子さんは「僕」に、それまで黙っていた心のうちを打ちあけた。車中の人となった「僕」は、「直之さんが愛していたのは、やはり、この安子さんではなかったのだろうか。〔…〕安子さんだけがそれに気がつかなかった、或いは気がつこうとしなかったのではないだろうか」と思うとともに、「僕もまた、今になって、僕が安子さんを愛していたことに気がついたのだった」。

作者の想像で描かれた美しい古い水の町[2]を舞台に、美しい姉妹のいる旧家が家庭悲劇によって一夏のあいだに没落を早めていく、その成り行きが、おなじく没落寸前の最後の華やぎににぎわう町の姿と重なりあって、読者に情趣に富む忘れられていた世界を思い出させる逸品である。「飛ぶ男」と『廃市』というまさに対照的なふたつの完成品を、おなじ時期に書きあげた作者の力量に、わたしはただただ敬服するほかない。

6

福永武彦が小説手法をめぐってさまざまな冒険をこころみていた一九五〇年代という時代は、フランスでもこれまでの小説のあり方を根源的に見なおす新しい動きが、急速に拡がっていく時代だったことを、この章の最後に記しておきたい。

それは、一九五七年の『ル・モンド』紙の文芸時評でピエール゠アンリ・シモンが、アラン・ロブ゠グリエの『嫉妬』と、一九三七年に執筆されながらこの年改訂再版されたナタリー・サロートの『トロピスム』の二冊をとりあげて〈ヌーヴォ・ロマン〉と名づけ、その後ジョルジュ・バタイユやモーリス・ブランショ、ジャン・ポーランから熱烈な支持をうけた動きなのである。といっても、若い作家たちが新しい文学流派を形成したわけではない。強いて言えば、それらの作家の作品が、いずれもジェローム・ランドンの主宰するエディション・ド・ミニュイ社から刊行されたところにひとつの共通点を見いだすことができるだろう。具体的に作品名を挙げておけば、一九四七年のサロートの『見知らぬ男の肖像』、五三年のロブ゠グリエの『消しゴム』、五五年のおなじロブ゠グリエの『覗くひと』、五六年のミシェル・ビュトールの『心変わり』、五八年のマルグリット・デュラスの『モデラート・カンタービレ』、クロード・シモンの『草』……。そしてそれらの作品に共通する性格について、一九五六年のサロートの『不信の時代』の言葉を引用しておこう。

「かれら〔作者と読者〕は小説中の人物に不信を抱いているばかりでなく、小説中の人物を通してお互いに疑い合っているのである。かつては、小説中の人物こそかれらが結びつく場であり、堅固な根拠地であって、かれらはそこを出発点として、共通の努力によって、さまざまな探求と新しい発見へ向かうことができた。それが今日では、かれらの相互不信の場、かれらがたがいにいがみ合う荒蕪地となってしまった。作中人物のこの現状を検討する時、それがスタンダールのあのことば、「不信の精がこの世に生まれた」をみごとに体現しているといいたい

気がする。われわれは不信の時代にはいったのである。」（白井浩司訳による）
こうしたフランスの新しい動向はただちに日本でも大きな反響を呼んだ。一九五九年に早くもロブ＝グリエの『消しゴム』『嫉妬』、そしてビュトールの『心変わり』の翻訳がわが国の書店の店頭にならぶ。念のためにいささか解説をつけておけば、ロブ＝グリエの場合、ロラン・バルトによれば「内部性は括弧に入れられ、事物、空間、人間相互間の交流が主役の位置にまで進級させられ」、そこでは「眼に見える光景以外の他の地平線もなく、視力以外の他の力も持たずに、都市のなかを歩く男の眼でもって見る」こととなる。したがって四人の男女の葛藤を描く『嫉妬』では、主人公である「話者」は作中に登場することなく、その眼が見たものだけが記されていくのである。そしてビュトールの『心変わり』では、主人公は二人称単数の「きみ」となり、そのため読者は主人公の行動や感覚と心の動きに同化して作品世界に否応なく引きずりこまれてしまう。それればかりではない、ビュトールは二人称複数の「あなた」も三人称の「彼」も併用して、主人公の意識の微妙な変化にまで読者を立ち会わせるのだ。
こうしたフランスの〈ヌーヴォ・ロマン〉の作品は、一九六〇年代にはいるとつぎつぎと日本語に移しかえられていく。むろん福永武彦も中村眞一郎もそれに無関心であるはずはなかった。中村眞一郎自身最初の〈ヌーヴォ・ロマン〉の翻訳『消しゴム』の訳者でもあり、一九六一年九月から六二年十月にかけて『文学界』に連載した『文学の擁護』では、あえて「文学作品自体の与える効果や感動を重視」する必要を訴えたうえで、プルーストやジョイスやフォークナー、ヴァージニア・ウルフとならべて、サロートらの作品が再三論じられている。また福永武彦も〈ヌーヴォ・ロマン〉の作品の解説を、あらゆる機会にすすんで引きうけるのだ。

その福永武彦は、一九五八年一月二十八日の『日本読書新聞』に、「ある小説家の反省」という一文を寄せ、過去十年のみずからの小説を、「僕の方法は詩を書く方法で小説を書いたようなもの」だと反省したうえで、「モノローグ的方法は短篇では成立するが、長篇は原則的にディアローグの世界であり、どんなに自分の内部に降りて行っても、小説として表現する際に、それを他者との関係に於て捕えるのでなければ独断的になってしまう。僕は実験ということを自分の目的としたが、それが些か口実になったようなところもないわけではない。それは今僕が実験を避けたいということではなく、僕の試みた実験が、あまりに易しすぎたということである」と記している。そして翌年二月十五日から十七日にかけて『東京新聞』に掲載した「現代小説に於ける詩的なもの」では、こう自分の書くべき新しい小説を素描するのだ。「その作品に固有の時間を持つ世界を確立し、その世界に読者を誘い入れ、読者の想像力が、自らも一役を買うような小説、それを買うことによって、読者が詩的な感動を覚えるような小説、そういう漠然とした定義しか言えないとしても、その方向が、反十九世紀的小説の主要な線であるように思われる。」

一九五〇年代ののちにきたるべき新しい時代に、福永武彦がどのような方向にみずからの小説をおしすすめようとしていたか、以上の反省の言葉からわたしたちはうかがうことができるであろう。

最後に一言。後年「フォークナーによる二十世紀文学論」(『西欧文学と私』一九七〇年)のなかで、中村眞一郎は、日本の翻訳家たちのおかげで、日本語の表現能力が拡大したと指摘してから、フォークナーの「あの繁茂する文体」を日本語に取り入れることの困難さをあらためて強調している。しかるのち福永武彦についてこう書くのだ。「とにかく「意識の流れ」というような、西欧二十世紀文学の主要な手法は、現今のところ、唯一人の福永武彦を例外として、日本語ではどうにもならない退屈さにおちいることを免れてはいない。そして、福永の場合、それが冗漫な日常性から救われているのは、緊張した抒情性のためである」と。

注

(1) 福永武彦の「素人探偵誕生記」(江戸川乱歩・松本清張編『推理小説作法』光文社、一九五九年)によれば、一九五六年の『週刊新潮』創刊にあたり、福永の探偵小説にかかわる造詣の深さを見込んで、探偵小説を書くよう説得された福永が、作品発表にあたってあくまで匿名とすることに固執して、「誰ダロウカ」のアナグラムから加田伶太郎という作者名をつくり、おなじく探偵は「名探偵」のアナグラムの伊丹英典にしたという。

(2)　エピグラフに北原白秋の言葉を引用していることもあって、『廃市』は、NHKでテレビ化されるとき、柳河でロケをおこない、以後その舞台は柳河ということになってしまった。しかし執筆に際して福永は、柳河へ一度もいったことがないので、故郷に近い筑前の水城や太宰府のあたりを舞台にして書きだしたと述べている(「筑後柳河――作者の言葉」、『ミセス』一九六三年八月号)。なお福永は小説の場所についてこう書いている。「私は地方の風俗をそっくり写したり、方言を用いたり、地形なども旅行案内通りに正確で間違いのない描写をするといった、謂わばdocumentationに徹した作品は苦手である。何となくあそこらしいといったふうな、読者が想像力を刺戟されて知っている場所を彷彿とするような、そういう手法を好んでいる。」(「取材旅行」、『文学界』一九五六年二月号)

Ⅳ 『告別』

1

中村眞一郎の『恋の泉』は、一九六二年三月「純文学書下ろし特別作品」として新潮社から上梓され、折しも〈純文学論争〉に沸いていた文壇に一石を投じた。しかしここでは〈純文学論争〉に触れるつもりはない。

『恋の泉』は四十歳の劇作家の「私」が明けがたの夢で二十歳のときの自分を思い出し、いまふたたび自分が出発点に立ちもどっていると考えるところからはじまり、二十歳のときの夢がその一日のうちにどう変貌していったかを描きだした小説といえるだろう。

　……街には金色の雨が降りそそいでいた。その中を昂然と歩いて行くのは、二十歳の私だった。〔…〕その足取りも夢のなかのように軽やかだった。私は自由だ。私の夢想は限りなく拡がることができる。私にとって、世界はまだ生れたばかりなのだ、〔…〕私は二十歳だ。それは、輝かしい未来を意味している。私の人生は、もう一度、出発点から初まり直そうとしているのだ。まだ、あの忌わしい戦争も起っていなかった、純白の時代に。……が、もし、二十歳なら、私にとって、私自身ほども大事な友、魚崎礼吉が傍らにいる筈だ。〔…〕「昨夜、とうとう、『恋の泉』を書きあげたよ。」魚崎は私の腕を固く締めあげた。それは、戯曲、『恋の泉』は、作者である君だけのものでなく、ぼくたち皆のものなのだ、と私に告げようとしている合図なのだ。「ぼくたちは、とうとう、本当の日本の芝居を作りあげることに着手したのだ。明治以来、西洋の方に宛度《あてど》もなく漂い出てしまっていた、日本の新劇というものが、ようやく本当の根を発見したのだ。その名誉がぼくたちの年代のものに帰せられることになったのだ。」〔…〕が、私は急に何か、不安な気分に捉えられた。私は立ち停り、魚崎の顔を見た。「あの女がいいじゃないか。君の女主人のイメージそのものだ。」

「私」は「私」のなかで急に時間が横すべりしたのを感じた。その女を稽古場の片隅に見つけて魚崎が「私」に語ったとき、「私」はもう三十歳になっていた。「私」のなかで女はくるりと向きをかえ、「私」は言った。「「ぼくは随分、長く君を探していたんだよ。ヨーロッパの何処かへ消えてしまった君を。……」と、私は――そう、四十歳になっている、夢の中の現在の私は――云った。」しかし彼女は金色の煙に包まれて消えてしまい、眼をあけると、部屋の中央に金色の裸の若い女が立っていた。

それは戦後の一時期、「私たちの演劇運動のなかへ、おずおずと入ってきて、それから魚崎の荒々しい手に、むずと摑まれたと思うと、とうとう私の『恋の泉』の上演を待たないで消えてしまった女」、萩寺聡子《そうこ》ではなかった。「私」がひそかに可愛がっている混血の二十歳の唐沢優里江だったのだ。しかし彼女は、「私たちの直前のマルキシズムの世代と鋭い対照をなして、日本の伝統的な文化の方に向き返った」「私」の薫陶のもと、『古今和歌集』の歌を美しく歌いあげるのである。優里江は戦時中国粋主義者となったドイツ文学者の父とフランス人妻とのあいだにできた子で、母を早く亡くしいまは前衛画家の叔父のもとに引きとられていた。

「私」は、戦時中『恋の泉』を書いたあと、本来の仕事はせず、放送関係のおびただしい戯曲まがいのものを書いていたが、むろん自分の生き方に満足しているわけではなかった。他方魚崎は、いまでは有名な俳優だった。それにしても、「日本の新劇を作りかえるその夢はどこへいったか。西欧の演劇を学びながら、近代偏重をやめ、ギリシャ劇の研究に没頭し、ギリシャ劇と能楽のあいだから、新しい演劇の理想像を夢に描いた。そこから生れたのが『恋の泉』だった」。

優里江と朝食をともにし彼女を寝つかせたところへ電話がかかってきた。交換台が京都からですと言ったあと、「アロー、アロー」と女の声。つづいて「民部卿ね」と日本語が言った。二十年まえ新劇仲間で《仮面の会》をつくっていたころ、「私」たちは好んでむかしの渾名をつけあい、民部兼広の「私」は民部卿だった。相手は「馬内侍《うまのないし》」こと柏木純子。戦後の第二次《仮面の会》のとき、萩寺聡子に嫉妬して「私を誘惑し、その結果を彼女に通告し」、聡子が「私たちの仲間から消える一因となった」。会の解散後純子もヨーロッパへいくことになり、むこうへいったら聡子を探してあげるわと約束しながら、一度も消息を知らせてはくれなかった。数年まえ会ったときには、松本幸四郎の頼光、ジャン・マレーの酒顚童子で『大江山』の映画製作のため原作をコクトーに依頼するつもりだと昂奮していたが、その話もそれきりだった。その柏木純子が国際的女優氷室花子をつれて帰国し、その大女優がどうしても「私」に会いたがっているという話をはじめる。氷室花子の記憶はまったくなかったが、一瞬「私」は萩寺聡子ではないかと思った。そして純子は、今夜Pホテルにこいといって電話を切った。「私は、萩寺聡子から氷室花子への変容については全く知らないままで、今朝は変容の第一段階を夢に見、今夜は変容の最終段階を現実に見ることになったわけだ。」

事務所がわりに使っている演劇研究所へ昼すぎ出ていくと、戦争直後の第二次《仮面の会》

の研究生で、いまは放送局ディレクターの木戸が、なれなれしく芸術祭のための台本はまだかと「私」に催促した。思い出して萩寺聡子を覚えているかときくと、こんどの主役のイメージは萩寺聡子か、唐沢優里江とは違いすぎるとこたえた。聡子と優里江のことを思い出す。木戸が車で出ていったあと、おなじく第二次《仮面の会》のメンバーだった、木戸の細君のすず子があらわれ、木戸と優里江の最近の関係を心配しながら、むかし聡子と「私」の橋わたしをしたことを喫茶店で綿々としゃべりだした。

家に一度帰って、聡子と会うまえに『恋の泉』を読みなおしておこうと思った。《仮面の会》は仲間たちで上演しようとした直前、主役の魚崎礼吉が出征することとなり、「ぼくが帰ってくるまでは、『恋の泉』には手をつけないでくれ」と言い残して去った。戦争がおわって第二次《仮面の会》をつくったが、演劇の仕事にたずさわれるのは五人とはなかった。魚崎が軍隊で発病し入院したままだったが、「私」たちは研究生の養成からはじめた。魚崎から退院するまで『恋の泉』の配役を決めるなと言ってきた。結局、「魚崎の強い個性が、私の演出プランと様々の食い違いを起し」、彼は革命待望的な方向に解釈を直そうとし、「私」はかたくなに自分の立場を墨守した。おまけに柏木純子を中心とする旧同人と、木戸たち若い研究生たちとの「感情的思想的年齢的な対立」も尖鋭化し、「それが萩寺聡子を巡る恋愛の葛藤となって爆発し、そして、聡子は劇団から姿を消した。『仮面の会』(第二次)そのものも、間もなく解散し、そうして、もう一度、『恋の泉』は未来の中へ、つき戻された」。

主役を「私」は萩寺聡子と決めていた。「何人かの現世の女に変形しながら、永遠にひとりの女である泉の精を演ずるのは、表面は静かでありながら、心の底に激しい情熱を燃している萩寺聡子でなければならないと私は信じていた。」寺の稽古場にあらわれた魚崎に聡子の主役を提案して同意を得たとはいえ、魚崎は「私」の予言的仕事を評価しつつも、戦時中の制約をあげて戯曲の補加訂正を主張した。

「私」が『恋の泉』を読みなおそうと思ったのは、あの寺の稽古場での雰囲気が立ちあがってくることを期待したし、第二次《仮面の会》の失敗以来方向を見失っていた自分の仕事を、もう一度本道に立ち戻させるためであった。「聡子は今や氷室花子という国際女優に成長している。その成熟した彼女の手で、今度こそ『恋の泉』が実現されるという可能性が生れて来たのだ。」

部屋にはいるとまだ優里江は寝ていた。いま「私」は、「私が本当に進歩するためには、〔…〕先ずこの私の眼の前に眠っている女についての私の気持を決定しなければならないだろう。聡子か、優里江か、という疑問に憑かれたままでは、私は一行も読むことはできないだろうから」。

優里江があわただしくテレビ局に出ていったあと、柏木純子から電話で、氷室花子は現在の「私」について思い描けないで苦しんでいると伝えてきた。

テレビ局の食堂へいくと、見知らぬ紳士が挨拶して席をすすめ、戦前の学生時代、各大学合同で外国語劇を上演したときの『フェードル』のことを話しだして「私」を驚かせた。それは「私」が演出したのだ。《仮面の会》に入っていて、プラトン『饗宴』にも出演したという。ちょうどそのときむこうの席に優里江の父の唐沢教授と叔父の画伯がきたので挨拶にいった。画伯が優里江のヨーロッパ行のことを「私」に告げ、そのため老教授が故郷の山を売ったと話した。

放送局の調整室に入って、カメラ・リハーサルを見る。王朝の女の優里江の「画面を見ると、長い裾を重そうに動かしながら、立ったり坐ったりしている優里江の姿は、私の心の奥の祭壇を前にして、愛の神への捧げ物となって踊っているもののようにも思われてくるのだった。つまり、私の外の優里江は、今や、私の内部の「愛」に奉仕する巫女に変身したのだ。ああ、これは私の『恋の泉』の主題なのだ。私の想いは、いつもあの仕事に返って行く、と私は思った」。

Pホテルへ入ると、ロビーの奥からふとった腰を落としたまま純子が呼びかけてくれた。女は「お久し振り、巴《ともえ》です」と言った。これは萩寺聡子ではない。そういえば純子との電話でも、聡子の名はどちらからも出なかった。純子は「私の批評」をして、「昔日の面影はないわね」というと女も同意した。彼女はかつて氷室巴といって《仮面の会》の唯一のカトリック信者で、メンバーのなかでもっとも急進的な、のちに有名な社会学者となった男とたえず論争していた。そして軍需資本家だった父と喧嘩してヨーロッパに飛びだしむこうでひどい生活をしていたらしい。三人でしゃべりながら、「私」は花子の話がどこかでつながっているのに違いない萩寺聡子に、いっこうに近づいていかないのにいらだった。花子は、純子も自分もヨーロッパでは稼げるだけ稼ぐように生きてきたと言ってから、突然、「でも、聡子みたいに自殺するのは卑怯よ」と口火を切って、ふたりの知らぬ聡子の自殺の顚末を語りだした。「弱い日本の女よ、センチメンタルな馬鹿な女よ」と前おきしてから、日本へいくことがあったら民部卿によろしく伝えてくれと遺書にあったからあなたを探したのだと言った。パリの演劇学校を出ても口がなく、寄席に出て貧乏しても頑張ろうとふたりで共同生活をはじめた。二十歳になっても少女のような彼女は貧血症にかかり、巴はふたりぶん働かなければならなかった。ある映画監督が聡子を探しているのを知り、巴が押しかけていってヴェトナムの娘役を横どりした。聡子は弱者が死ぬのは当然だといって死んでいった。語りおえると花子は急に立ちあがり、「どう、よく見て」と言ってその場で聡子の歩き方を真似して見せた。「聡子ちゃんだわ」と、純子が悲鳴のような声をあげた。しかし花子は「突然に、身体中に活力を漲らせ、別人のような激しい表情に変った。あ、悪魔が素顔を見せた、と私の口の中で云った」。「民部さん」とあらたまって、巴は、聡子はパリで民部卿の手の入った『恋の泉』の台本をいつも読みかえしていた。

「聡子は可愛い人だったわ。この現実に生きて行くには弱すぎたのね。」

「私」はすっかり酔って午前三時ごろようやく腰をあげ、泊まっていけと言われてボーイに別室に案内してもらった。純子から早速花子の介抱にくるようにと電話があったが、同時に魚崎からも電話があった。いま優里江と一緒にいると言ってから、彼女が日本の伝統から自由だというのは好都合だとばかり言えないようだと話しだしたので、「私」はひさしぶりにまともに返事した。「戦後の大部分の伝統論は、庶民的伝統、下からの伝統だけを問題としている。そうして、下から、上からという時、必ず上からと云うのは駄目だという含みがある。明治維新は上からの革命で、だから人民的でない、というふうの議論だな。しかし、芸術を論じる場合、王朝美学を抜きにして、日本を考えても無意味だと思うよ。民話のようなものだけを高く評価していては、君のいう通り片手落ちで、それは、結局、現実から裏切られることで終ると思うんだ。特に新劇の場合、伝統的な演劇との結合の問題は、遂に真剣な実践のなかで試みられていないし、また、民衆との関係だって、インテリの側からだけの啓蒙的働きかけとしてしか、新劇は当事者に理解されていない。」魚崎の声が「私」をさえぎった。「その問題、大問題だよな。そうして、優里江ちゃんは、今のままでは、結局、翻訳劇で最も重宝な役者というにとどまってしまう危険がある。〔…〕君が君の新劇と伝統、西欧の美学と王朝の美学との綜合から何かを作りだそうとしている、その線で、もう一度、真剣に優里江ちゃんというものを考えるといいと思うよ。それだけ、云っておきたかったのだ。」それから、「彼女の実生活の方はぼくが引き受けるから安心しろよ」とつづけ、彼女とヨーロッパにいくことになったと電話を切った。

「私」はベッドに横になって、『恋の泉』とは何かと考えた。「昔の仲間は共通の意識の所有者であった。ところが、戦後は私は自分の考えを延ばすべき風土を失った。「新劇」は左翼化と商業化との両方に、私から遠ざかって行った。〔…〕そして、伝統との関係でいえば、相変らず能楽は能楽、歌舞伎は歌舞伎である。そして、私の試みた第二次『仮面の会』は私を芸術家としてよりは教師とした。」『恋の泉』とは何か。「「異なるのは杯だけで、中の水は同じものなのだ。」それは、「杯」を軽視した言葉ではない。私の内部世界の中心にある「愛」は、幾つかのその都度の経験によって、その都度の相手の協力、相手の魂（内部世界）からの流出物によって、（それが私の内部の魂の流出物と化合して）豊かにされ、深められるということなのだ。」「二十歳の私は、そうした私の愛の哲学を予感としてしか所有していなかった。しかし、四十歳の私は今、それがたしかな体験として感じられるに至っている。そうではないのか。今日の昼、私は萩寺聡子に対する愛（十年後に突然、目覚めた愛）の中に、現在の唐沢優里江への愛を発見した。また氷室花子のなかに萩寺聡子の変身を発見し、それは十五年前の氷室巴への愛と、現実の現在の氷室花子への愛とを、今、同時に生まれさせようとしているらしい。」
「それなら、私の体験とは何か。それを見るには、私は自分の作りあげたものを検討するより仕方ないだろう。そうして、私の生の苗床から最初に花咲いたものは、やはり、まだ遂に舞台の上で実現していない『恋の泉』という戯曲である。私が自分の生を全面的に受け入れて、再出発するとすれば、もう一度、ここから飛び立つ必要があるだろう。」
そう思った「私」は急に氷室花子を識りたいという欲望に取りつかれて彼女の部屋へいった。そしてそこで、純子と花子のふたつの肉塊のからみあう、双頭の蛇を見いだしたのだった。

2

わたしがわざわざ一九六二年の中村眞一郎の『恋の泉』をとりあげたというのも、この作品には、中村眞一郎とその仲間の、戦前から戦後にかけての演劇にかかわる動向が、いわば作品の下敷となって具体的に描きだされているからだ。

作品を離れてごく大ざっぱに事実をみておこう。

中村眞一郎は一九四〇年同人雑誌『山の樹』をつうじて芥川比呂志や加藤道夫と親交をむすぶ。折口信夫の弟子であった加藤道夫は、戦時下の弾圧のもと新劇全体が崩壊していく時代のなかで、西欧の近代劇を根本的に考えなおし、ギリシャ劇と能との融合をめざす『なよたけ』をひそかに構想しはじめていた。その加藤が慶応の仏語研究会で芥川や鬼頭哲人らと語学研究の名目で原語でシャルル・ヴィルドラック『商船テナシティ』を上演し、これが各大学の演劇研究を刺戟し、一九四〇年十一月には、加藤、芥川、鬼頭のほか、鳴海四郎、原田義人、それに東宝のニューフェイス御舟京子（のち加藤治子）が《新演劇研究会》を発足させた。けれども一年たたぬうちにメンバーのおおくが召集され、加藤周一、白井健三郎とともに研究会を支援してきた中村眞一郎は、研究会のため世阿弥五百年記念の詩劇『苦しみの河』を書き下ろし、演出・加藤道夫、主役・鳴海四郎まで決定していたにもかかわらず、国民劇場における上演直前に中止のやむなきにいたった。研究会は自然解消したが、戦後加藤が南方から帰還し、旧メンバーとともに《麦の会》を発足させ、それは一九四九年解散して文学座と合流した。

一九五〇年八月、岸田國士が主導した〈文学立体化運動〉《雲の会》のことを、ここで書き落とすわけにはいかない。岸田國士の念頭には、雑誌『NRF』の全面的バックアップを受けて一九一三年に成立したジャック・コポーの《ヴィユ・コロンビエ座》があったわけで、実行委員には岸田のほか、小林秀雄、中村光夫、千田是也、さらに加藤道夫、木下順二、福田恆存、三島由紀夫が名をつらね、一種の綜合芸術運動として大きな注目を集めた。この会の依嘱というかたちで加藤の『思い出を売る男』『襤褸と宝石』、福田恆存の『龍を撫でた男』、中村眞一郎の『愛を知った妖精』が誕生した。しかし《雲の会》は一九五二年に岸田が病いに倒れておわったが、その後の新劇運動の母胎となったことは言うまでもない。

中村眞一郎は《雲の会》のあとも放送劇などおおく執筆し、映画演劇との関係はつづいていく。『恋の泉』に出てくる、ジャン・マレーや松本幸四郎を使って脚本をジャン・コクトーに依頼するといった映画の企画も、実際には中村眞一郎の立てたものなのである。

こうした中村眞一郎の演劇との関係がひとかたならぬものであり、ある意味では詩人や小説家である以前から彼の夢みたものであったことは、たとえば一九五五年六月の『群像』発表の短篇「感情旅行」に、加藤道夫の思い出とともに感動的に描かれている。

「ぼく」は地元の熱心な文化指導者J君に案内されて、三日間、古河を中心に渡良瀬川周辺の遺跡をめぐった。二日目の夜、J君に、自分が演出している地元の青年たちによる加藤道夫の『なよたけ』の舞台稽古をぜひ聞いてほしいと言われ、広間のストーヴのそばに座を占めた。

なよ竹やぶに　春風は
　さや　さや……

そんな心の状態のなかへ、ぽっくりとひとつの記憶が浮びあがる。水道橋の能楽堂の廊下だ。壁によっかかって盛んに話をしている落着いた態度の青年と、その青年の横で、行儀悪くソファの倚りかかりに腰を下して、乱髪を振りたてながら相づちをうっている同年配の、脚の長すぎる男。ふたりの話の間にはクローデルの芝居の名前が出る。ヴァレリーの対話の名前がでる。それから折口博士の小説と論文とが賞讃される。世阿弥六百年祭のために長髪の方の男が書いた妙な芝居が問題になる。続いて壁際の青年の方が、最近『竹取物語』から素材をとった戯曲を構想していると云う。相手は是非、早く書き上げて見せてくれと昂奮する。そこにあるのは青春独特の濃密な想像力の沸騰の空気だ。透し彫りの施してある開き扉の向うからは、舞台の間狂言の詞が微かに聞えて来る。……

わたしはここでもうひとつ、中村眞一郎の青春時代、戦後すぐを回顧した文を引いておきたい。「感情旅行」とも『恋の泉』とも近い、この時期に書かれた「「クセニエン」再訪」という短篇からだ。

ジャーナリストである鳴海は、たまたま自宅でテレビを見ていると、画面に「クセニエン」という文字があらわれた。すると瞼のうらに、戦争がおわったばかりのころの、大きなテーブルばかり目立つビルの大部屋が浮かんできた。そのテーブルのまわりを若い社員たちがこま鼠のように走りまわっている。「ああ、あの頃のおれは生きていた。日本の歴史のうえで稀に見る理想主義的な時代といわれたあの時期の輝かしく燃えあがった思想の焰の中心のひとつで、おれは夢みるような気持に憑かれて、動きまわっていたのだ。」それにたいしていまのおれは不幸だと思って眼をひらいた正面の画面に、「花田清輝作」という文字が映っていた。それはクセニエン社唯一の出版物『クセニエン』の巻頭に、毎号、痛烈にして滑稽、深刻にして難解な時評の筆をとっていた評論家だ。「花田清輝がドラマを書いたんだな」と、そばにいた妻に話しかけたが、妻は花田の名前すら知らなかった。「あの頃はおれも生きていた」とつくづく思った彼は、翌日むかしの同僚を誘って「クセニエン」がかつてあったビルを訪れると、そこはいまやボタン屋になっていたというところで短篇はおわる。

花田清輝は、一九四七年に《綜合文化協会》という文化団体を結成し、戦後の新しい文学思想の動きを前進させた。そして機関誌『綜合文化』を発行し、協会を真善美社のなかにおき、協会員の仕事の出版を真善美社がおこなうことを決めた。ところがその花田は、協会の理事を中村眞一郎と加藤周一に依嘱し、みずからは僚友の佐々木基一や関根弘とともに一歩さがるかたちをとった。中村眞一郎自身なぜそうなったか納得のいかぬ思いを、『戦後文学の回想』のなかで告白している。しかしこうして中村眞一郎は、真善美社から、花田の要請で、《Après-Guerre Créatrice》という横文字の帯をつけた〈アプレゲール新人創作選〉と銘うつ《アプレゲール叢書》の刊行をはじめるのである。一九四七年十月の第一回配本、野間宏『暗い絵』、十一月の第二回配本、中村眞一郎『死の影の下に』、以下真淵量司『不毛の墓場』、福永武彦『塔』、田木繁『私ひとりは別物だ』、竹田敏行『最後に退場』、小田仁二郎『触手』、安部公房『終りし道の標べに』、島尾敏雄『単独旅行者』とつづいていく。これらの作品がいずれも戦前の小説とは異質なものだったことは言うまでもあるまい。今日からみて忘れられた作品があるにせよ、こうした戦後文学を担う作品を刊行した中村眞一郎の炯眼には驚くべきものがあると言わなければならない。

3

本多秋五は、一九五八年秋から『週刊読書人』に、「物語戦後文学史」の連載を開始し、一九六三年秋までつづいた。そして単行本として新潮社から一九六〇年一月に第一部が、六二年十月に第二部が、六五年五月に第三部が刊行された。これは以後今日まで、戦後文学の基本的歴史書として尊重されてきた。この『物語戦後文学史』と高見順の『昭和文学盛衰史』(二巻、講談社、一九五八年)をあわせ読んだ中村眞一郎は、自分の文学的出発からその後とおりぬけた道筋と、文学的定説のようなものとのあいだには、かなり開きがあるように感じられて、「私は私なりのその道筋を一度、書いておいた方がいいような気がした」として、一九六二年二月二十三日から七月七日まで、『東京新聞』に「戦後文学の回想」を連載し、六三年五月『戦後文学の回想』を筑摩書房より上梓した。

中村は『戦後文学の回想』の冒頭で、本多秋五の戦後派分類をこう紹介している。「第一次戦後派とは、「マルクス主義の洗礼をうけた前歴をもつ」また、「その人が作家として立つのに兵士の経験が決定的であったこと」という二つの特徴を持ち、また第二次戦後派の多くに認められる「中世文学への親近」を全く欠いているという消極的特徴もある。」「一方、第二次戦後派というのは、堀田善衞、加藤周一、三島由紀夫、安部公房らを指すので、中村は文学史的「事実」としては、第一次に入るが、「論理」の方からすれば、福永武彦と共に第二次に入るべきである。」中村はこのあと本多説に反対すべき理由はないが、戦後文学を定義づけようとするとき、あまりにもその定義の枠にこだわり、「かえって、実際の戦後派文学運動の豊富さそのものを、貧しい骨ばかりの「論理」に洗い去ってしまう嫌いがある」と批判している。

本多秋五の『物語戦後文学史』と中村眞一郎の『戦後文学の回想』とをならべてみると、本多秋五はじめ第一次戦後派のおおくのものが敗戦以前にすでに文学者として知られた人たちだっただけに、『物語戦後文学史』では、敗戦の歴史的事実の叙述のあと、すぐ『近代文学』の創刊がきて戦後文学に入っていくのにたいして、『戦後文学の回想』では、『物語戦後文学史』の出発点に達するまでにじつに書物の前半のページのほとんどが費やされている。それだけに

『戦後文学の回想』には、昭和十年代から戦後の文学の継承が断絶なく描きだされていると言ってよかろう。むろんそれは、作者自身が文学者として出発する敗戦までの修業期に重点をおいて考えている証左にほかなるまい。

中村眞一郎が昭和十年代の作家で重視するのは、芹沢光治良、岸田國士、阿部知二、堀辰雄、横光利一といったロマンの可能性を探った長篇作家であり、さらに王朝文学の再発見による近代文学の伝統との呼応という冒険を敢行しようとした保田與重郎と、「殆ど最初のわが国における二十世紀小説の実現」だった『故旧忘れ得べき』の高見順である。ついで一九四〇年前後乱立した同人雑誌に触れ、《マチネ・ポエティク》の運動にまで言及する。そして言論の自由の失われていくなかで最後まで青年たちの力となった先輩たち、堀辰雄、片山敏彦、渡邊一夫、風巻景次郎の存在が強調される。

こうしてやっと八月十五日にいたる『戦後文学の回想』は、戦時中に書きつがれてきた佐々木基一の『停れる時の合間に』と埴谷雄高の『死霊』に注目する一方、戦後信州でいちはやく雑誌『高原』をはじめた山室静、堀辰雄、片山敏彦と『四季』の復刊をとりあげる。中村が入学当時五人の会員を数えるにすぎなかった一高国文学会が戦後には雑誌『世代』を生みだし、そこに連載されたのが『１９４６・文学的考察』であったことは繰りかえすまでもあるまい。しかし中村はここで、当時物議をかもした加藤の「新しき星菫派に就いて」に言及し、加藤が戯画化したのは、リルケやヘッセやカロッサを吟じて自然へ帰れと唱え現実に背を向けていた、堀辰雄とりまきの一グループであることを明言する。そして戦後渡邊一夫は、「極めて良心的な文明批評家」となって自分たちのまえにあらわれたが、もっとも戦闘的だった加藤周一を信頼し、「私」たち仲間のなかで「最も詩人的素質の強い福永が、第二の荷風となるであろう、とつとに警告し」、「私が「内面的」方向に次第に深入りして行くのに対しても、批判的だった」と述べる。

『近代文学』加入に際して旧同人たちは中村たちに寛大だったが、加藤だけは荒正人のエゴイズムをめぐる考え方に納得せず、「イン・エゴストス」に関わる論争を誘発したことはすでに書いた。ここで中村が荒正人との対立は荒にとっても「不幸だった」と書き、荒の理想に共感していたことを、こう説明している。すなわち、個人の自我の確立、独立した個人の理解ある協力による社会改革の推進を主張する荒が、戦前のプロレタリア文学運動を批判し、中野重治との論争によって旧世代との連結に失望し、そこから同世代の結合という観念が生まれ、この信念にしたがって『近代文学』を知的連帯の場とすることに成功した。ただ旧左翼ゆずりの遠交近攻の体質のため、荒正人が不必要な摩擦を呼んだのは残念だったと中村は語る。

むろんそのあとに花田清輝と『綜合文化』と《アプレゲール叢書》がくる。ここで中村眞一郎は、真善美社についであらたに河出書房の功績に注目し、椎名麟三の『永遠なる序章』、中村の『シオンの娘等』、三島の『仮面の告白』、野間の『青年の環』を出した「河出書房は、今や「書き下ろしシリーズ」の刊行によって、戦後派文学の本塁の観を呈していた。杉森久英が、その制作者であり、演出家であった。杉森氏は『近代文学』における荒正人、『綜合文化』における花田清輝についで戦後文学の第三の指導者となったわけである」とまで揚言する。その杉森が戦後派作家たちの結集をめざして刊行したのが、一九四八年十二月発行の『序曲』で、同人に野間、三島、島尾、武田、中村、寺田透、埴谷、椎名、船山馨、梅崎春生の十名。寺田透は評論家としてでなく詩人佐沼兵助として参加したのだろうと中村はみる。それこそ戦後文学に「政治と文学」という狭い視野から解放し、純粋に文学的な方向で考える場をつくるという意図につらぬかれていた。その創刊号で注目すべきは、以後戦後派のなかで「司会的位置」を占めることになる埴谷が司会した、同人による大座談会「小説の表現について」だったが、いかんせん参加者の人数がおおすぎたことと、酒のまわりが早すぎたため座談会そのものが失敗し、雑誌もこの一号で消滅した。河出書房がほとんど同時に《マチネ・ポエティク》グループのために創刊したのが『方舟』で、これは河出側の事情で二号で廃刊となった。

仲間のひとりの矢内原伊作は、「私」たちの世代の広い統一戦線を結集するため、みずから編集長を買って出て、鮎川信夫、原亨吉、平井啓之、堀田善衞、加藤道夫、串田孫一、中村眞一郎、中村稔、宇佐見英治を編集委員として、一九五一年五月『文学51』を創刊した。「文学評論、西欧文学研究また美術や演劇や音楽やの批評」を特徴とする同誌の創作欄には『荒地』と《マチネ》の両方の作品、福永の『風土』や堀田善衞の『歯車』が載った。しかしこれも九月の第四号で廃刊となる。

このほか『戦後文学の回想』には、一九五七年三月で『文芸』が廃刊となった、その最終号の大座談会のメンバー、野間、椎名、梅崎、堀田、武田、中村、埴谷がその後も引きつづき相互の仕事について意見を述べあう会《あさって会》が誕生したことにふれて筆がおかれている。

たしかに『戦後文学の回想』は、『物語戦後文学史』がつねに文壇全体に目くばりをして慎重に書かれているのにたいして、むしろ昭和十年代に中村眞一郎とたがいに交流のあった仲間たちを中心にして、そこから戦後文学がいかに形成されていったかに焦点をあてている。それだけに片寄ってはいるものの活気にみちた文学史となっていることは否定できない。

こうして『恋の泉』、中村眞一郎と演劇運動、さらに『戦後文学の回想』という三つの異なった局面から戦後という時代をみてきたわたしたちは、戦前から戦後にかけての《マチネ・ポエティク》を中心とする青年文学者たちがどのような文学的環境のもとにあったか、およその見当はついたと思う。そして最後に、こうした流れのなかにみずからもいて公平に眼をこらしていた、戦後文学の司令塔であった埴谷雄高の、中村眞一郎らの戦後をめぐる自己批判をも含めた見解を読んでおくのも、けっして興味ないことではあるまい。

「ぼくはね、中村君の不幸は――みんなに不幸を負わせるわけだけれども、プルーストが、日本によく理解されていないし、よく根をおろしていない、ということにあるんじゃないかと思うんだけどね。ぼくはプルーストが好きだし、野間君も関心を持ってた時代があった。だけども、これからはぼくの独断だが、日本は絶えず「追いつけ追いこせ」に追いたてられてる貧乏国なんだな。ぼくたちは共産党の問題から離れられないんだ。そちらからの重点が強いので、かなり力のある人が大きい文学的な構想をハッキリと実際的に見せておいてくれなければ、プルーストなど生きられないのだね。ぼくはいまから想い返してみても「一九四六年文学的考察」の人たちは非常にいいスタートをしたと思うね。けれどもあとはほとんど「近代文学」の責任になる。そういうスタートを一方で認めていたにもかかわらず、「近代文学」は、やはり共産党の問題一辺倒で突っ走っちゃった。〔…〕ぼくが極論をすれば、中村君は朝鮮戦争を気にしなくてもいいんだよ。そういうことを気にしないで芸術至上主義でやってる人を許容することが近代文学の根をもっと大きくしたと思うんだ。ところが、あらゆる仕事を還元して社会的関心の方へ持っていったわけだね。これは勿論いいことだよ。いいけれども、文学をすべてそこへ引っ張ったという感じがある。もし自分ざんげをすれば、「近代文学」はそっちのほうの力がほとんどなかった。これは星雲状態の激しさからいうと、ちょっと残念なんだね。」（野間、中村、埴谷「第一次戦後派の基盤」、『文芸』一九五六年十月号）たしかに一九四七年に見いだされた小さな亀裂が完全に修復されるには、十年ちかい歳月が必要だったのである。

4

福永武彦の『告別』は、一九六二年一月の『群像』に発表された。

『告別』は、二百枚たらずの作品であるが、これまでみてきた福永の中短篇とおなじように、多様な小説手法上の冒険がこころみられていて、そういう意味では、長篇としての実験小説第一作とみなすことができるのだ。まずその独特の手法について説明しておかなければ、作品そのものに具体的にふれるわけにもいくまい。

『告別』は、全体が二十三節の断片から構成されている。断片といったが、それぞれが独立した出来事、エピソードを含み、それ固有の時間と空間を持っている。したがって、断片というよりむしろ、わたしはいささか奇異の感をあたえるかもしれないが、読者の理解を助けるため、あえてパネルと呼びたい。つまり『告別』は、二十三枚のパネルから構成されていて、そのパネルのならべ方は、物語の時間、空間の順序にしたがうことなく、作者の隠された意図にのみしたがっている。この小説を読解しようとする読者は、みずからの想像力にしたがって、そのパネルをたがいにならべかえ、そうやってまず自分の作品理解の筋道を立てていかなければならない。しかもひとつのパネルがある日の出来事、あるいはひとつのエピソードを示すとはかぎらない。おなじ日の出来事やエピソードをあらわすべつのパネルが、まったく離れたところにおかれていることもしばしばあるのだ。そのパネルには二種類ある。ひとつには、「話者」の「私」の見、聞き、考えたことが記されている。そしてもうひとつには、この作品の主人公でいまは亡き上條慎吾のある場所、ある時点における存在が映しだされ、その上條を見ているもうひとりの上條、すでに死にとらえられている上條が、そのパネルを眺めながら考えることが、すべて行換えをおこなってそのまま片仮名で表記されている。つまりこの第二のパネルには、過去に生きる上條と、その上條をあとからのちに考える上條との、ふたつの上條の意識がかさなりあって記されるわけだ。

このような法則にしたがい、妻子ある上條慎吾が留学先のドイツから帰国し娘の自殺に遭遇し、その一年後にみずから癌で死ぬまでのほぼ四、五年が、小説『告別』に書かれているのである。文中には「翌日」とか「その十日前」といった短期間の時間の指定はあるものの、パネルには具体的な日付の書きこまれることは皆無で、そもそもこの小説が何年にわたる物語であるのかということも、まったく読者の想像力に一任されているのである。

第一のパネルは「小雪か霙《みぞれ》の降り出しそうな」午後、かなり広い部屋でおこなわれる上條慎吾の葬式ではじまる。「私がその時何を考えていたか、〔…〕いやその時は（まだ）私は何も考えず、ただぼんやりとよそ見をしながら、窓硝子の外の曇った空と、そこに裸の梢をさらしている樹々の、枯枝のところどころに残っている葉っぱの揺らめきなどを、眺めていた。〔…〕しかし耳は、私の意志に関りなく、単調な弔辞の朗読を聞いていた筈だ。」上條慎吾が大学でドイツ語と音楽とを講じていたこと、おおくの翻訳によりヨーロッパの思想と文化を紹介したこと……弔辞は劇的誇張をともなってつづいていたが、「私は寧ろ人間の一生というものは（四十幾年かを生きて来たその結果として）僅かに一巻《ひとまき》の巻紙に書かれた文字の中に収斂されてしまうのかという儚《はかな》い感慨を抱いたにすぎなかった」。祭壇のかたわらに奥さんの悠子さん、娘の秋子さんはじめ遺族がならんでいたが、「上條が死んだという実感がまだ切実に迫って来ていない私にとって、ふと、遺族の隣に当の上條慎吾のいないことが不思議にさえ感じられた」。「私」のうちに「生は暗く、死もまた暗い」という「私」の愛する一作曲家の主題が湧いてきた。「私はただその時の、つまり上條慎吾の告別式に参加した一人として、当然、聯想の及ぶべきもう一つの告別式を、この眼で見たのである。その瞬間に、上條慎吾はこの私のなかに生きていた。」

当然第二のパネルは、そのもうひとつの告別式のそれである。焼香のまえに挨拶をしなければばならないと考えて、上条慎吾は疲れきって祭壇のまえに立っていた。「あの子にはあの子の考えがありましたのでしょうし、私どもはそれに気づかず、気づいたとしても手おくれになってしまいました。今さら嘆いたところでどうなるものでもありません。しかしどうしてもこれが実際に起ったこととは思われないのです。どうか……。」しかし言葉はそこで切れてしまい、あふれ出てきた涙をとどめることができなかった。彼は崩れそうになる足を踏みしめて、必死の力をこめてその場に立っていた。「夏子、オ前ハナゼオ前自身ノ運命ガ己ノ運命ト関リガアリ、オ前ノ命ガ己ノ命デアルコトヲ考エテミナカッタノカ。ナゼオ前ノ苦シミヲパパニ打明ケヨウトシナカッタノカ。」「夏子、モウ遅スギル。シカシオ前ハ最後マデ気ガツカナカッタノダロウネ、オ前ガ私ニトッテノ慰メデアリ希望デアリ命デアリ、自分ノ命ト引キ換エニシテモイイホドオ前ヲ愛シテイタコトヲ。」一輪ずつの菊の花を手にして祭壇にそなえるのが、夏子の学校友達だったため、「部屋のなかの空気はまるで夏子の誕生日のお祝いと間違いかねないほど明るくて華かだった。」「ドコガ悪カッタノダロウ、ドコニソノ原因ガアッタノダロウ。結局ハ二年アマリノ私ノ外遊ガ（私ノ待チ望ンデイタアノ暫クノ間ノ自由ガ）私タチノ間ニ溝ヲツクッテシマッタノカ。」「ソウダ、私ハ諦メタ。私ハオ前タチヲコレ以上苦シメルコトハ出来ナイト思ッタ。私ガ諦メタコトヲオ前ハ分ッテクレタ筈ダ（悠子ニハソレガ分ラナカッタトシテモ）。ソノ時カラ私ハ死ンデイタノダ。死ヌベキナノハ寧ロ私ダッタ、オ前デハナカッタ。／

――ソノコトジャナイノヨ、パパ。コレハアタシダケノ問題ナノヨ。」「パパハ御自分ヲ欺イテイル。パパハ御自分ヲ欺イテ生キテ来タノヨ。ソンナ生キカタガ何ニナルノ、パパモママモ。／私ハ今モソノ声ヲ聴ク。」彼は両脚から力の抜けていくのを感じ、写真のなかの少女に空しく手をさしのべた。

「私はその夜、どうしても眠りに就くことが出来なかった」と、第三のパネルははじまる。夕方友人の加納から電話で、上條が一週間ぐらいまえ近くの病院に入院したらしい、奥さんにだれにも知らせるなと口止めしていたらしいが、ぶっ倒れるまで仕事をしていたようだと言う。その知らせをきいたせいか、二十年来悩まされていた不安神経症で、胃が痛む。戦争のはじまった年の秋、彼と悠子さんとの結婚式に立ち会った。しかし彼は引っ込み思案の「私」とはちがって、大学仲間ばかりか音楽家、ジャーナリストともひろくつきあう。仲がよいのは第一に医者の安井、第二が大学づとめの加納だろう。つづくパネルで、「私」は妻と見舞いにいったが、上條は夫婦とも入院経験がなく、「私」たち夫婦が尿のとり方から食事まで教えねばならなかったとある。別れるとき上條は、「私」に「もうじき夏子の一周忌が来るんだが」とつぶやいたが、「私は現に上條の心の中を占めているものが、彼自身の生死の問題なのか、それとももうじき一年になろうとしている夏子さんの死の問題なのか、そのいずれであろうかと怪しまずにはいられなかった」。

五のパネルの冒頭には、「その晩、彼が黙って書斎にはいろうとすると、妻の悠子はあとに従って部屋の中までついて来た」とある。「何か用かい?」ときいても黙っている。しばらくして「夏子のことですけど」と言いだし、もう寝ているけれど、「あなた、何かお気づきになったようなことはありませんの?」と訊ねるのだ。今晩は外国のピアニストの演奏会があり、その批評をある新聞に書かねばならなかっただけに、彼はしだいにいらいらしてきた。「この前あなたがお仕事をなさりに信州の温泉にいらしたでしょう。あの時夏子があなたを訪ねて行ってどんな話をしたんですの?」話しにきたというような様子でもなかったとこたえた。するとすぐ、今日夏子がこんなことを言った、「ママ、人間ってものは段々に悪くなるものかしら」と悠子。「そんなことはないでしょうと言いました。すると、あの子はまた訊くんです。人間の一生というものは、生れた時にもうきまってしまっていて、いくら努力してももう取り返しのつかないものかしらって。」気味が悪くなって悠子がはぐらかすと、「ママはしあわせねと言って、ママは小さい頃からしあわせな人だったんでしょうねと訊きました」。そしてその返事も聞かず「ママはもっとパパにやさしくしてあげなさい」。悠子がすこし怒るとそのまま部屋を出ていったと言うのだ。「それだけか?」ときくと、「何だか普通じゃないような気がして」

と言って、悠子はさがっていった。

彼は十日ほどまえ信州で夏子とかわした会話と関係がありはしないかと思ったが、ともかく原稿を書きはじめた。だが、いつもと違って文章は体をなさなかった。そこで決心をして二階の娘たちの部屋までのぼっていく。そっとカーテンを引いて夏子の姿を見た。「ドンナ夢ヲ見テイルノダロウ、トソノ時己ガ考エタコトハ確カダ。」夏子の寝顔を見て安心し、「オ前ハ決シテ人生ニ失敗スルコトハナイダロウ」と考えた。「ママハシアワセナ人ダト夏子ハ言ッタソウダ。シカシ己ニ向ッテ、アノ子ガパパハシアワセナ人ダト言ッタコトハナイ。アノ子ハ己ノ魂ノ中ニアルモノヲ見抜イテイタ。シカシ決シテ共感ヲ以テ、同情ヲ以テ、見抜イテイタワケデハナイ。夏子ハソレヲ憎ムベキモノトシテ、シカモドウニモナラナイ人間ノ弱サトシテ、見テイタ。己ハソレニ気ガツキ、シカモ気ノツカナイフリヲシテ、オ前ハ幸福ニナレル筈ダト信ジテイタノダ。」彼はカーテンをもとどおりにして階段を下りていった。

翌朝、悠子に起こされて朝飯もそこそこに家を出た。秋子はとうに学校に出ていたが夏子はまだ寝ていると妻が言った。午後の三時限の講義をおえて研究室にもどると、先ほどお宅から電話があって至急呼んでくれと奥さんに頼まれたが、講義中の電話は一切取り次ぐなと厳命されていたので、いままで待っていましたと助手が弁解した。彼はすぐ電話したが、自宅では呼び出しの信号音がいつまでも鳴りつづけていた。

次のパネルで「私」は夕食をとりながら妻と話し合い、すでに安井から癌であると聞いていたが、ともかくもっと設備のととのった病院に移したほうがいいと判断し、胃腸のことでお世話になった国立病院の水野さんに相談しようとその場で思い立った。深夜訪れたにもかかわらず水野さんはいろいろ指示をあたえてくれ、国立病院に移る見通しも立ち、帰りがけに加納の家を訪ねた。以前車のなかで具合が悪くなって家までつれていったが、奥さんにはなんでもないの一点張りで医者は寄せつけなかった。どうもヨーロッパにいっていたころから悪かったのではないかと加納が言う。帰りの車中で「私」は「ひょっとしたら彼はいつからか生きようという気力をなくしてしまったのではないかと、思い当った」。しかし自分が上條についてほとんど何も知らなかったことを、「この時再びしみじみと感じた」。しかし三日後に上條の国立病院への転院が決まったことが七のパネルに描かれるが、「私」は「新しい病室で心細そうにしている悠子さんを見ながら、この人はあの結婚式の時から一体どのくらい大人になったのだろうかと、疑わずにはいられなかった」。

八のパネルはパリだ。「彼はリュクサンブール公園に近いカフェのテラスの椅子に凭れて、マチルダの来るのを待っていた。彼が留学していた西ドイツの古ぼけた大学町から来ると、此所では呼吸する空気さえ暖かくすがすがしかった。〔…〕彼は、たとえマチルダが来なくても、生命の充足感のようなものを感じていた。そしてこういう気分は彼が故国にいた間には、そして留学先のボンにいた間には、殆ど味わったことのない爽快な感じだった。」

「己の生活ハ、日本ニイタ間ジュウ、家ノ内デモ外デモ、常ニ緊張ヲ強イラレテ、己ガ己デアルコトヲ最大限ニ発揮シナガラ続ケラレテ来タノダ。ソウイウコトハスベテ空シイコトダト、感ジタコトガナカッタワケデハナイ。シカシソレハ途中デヤメルコトガ出来ナカッタ。夫デアルコトノ責任、教師デアルコトノ責任、音楽批評家トシテノ自分ノ名前ニ対スル責任、ソレラガイツモ己ヲ押シ潰シテイタノダ。／シカシソノ時ハモット生キ生キト生キテイタ。余計ナコトハ何モ考エズ、人間ラシク伸ビ伸ビト呼吸シテイタ。ドウシテ己ハモット早クソノコトニ気ガツカナカッタノダロウ。」

歩いてくるマチルダの金髪が日をうけてきらきらと光っていた。「待タセタカシラ?」と彼女はドイツ語で言った。「それはこの町では異邦の言葉で、それを用いることが何かしら二人だけの共通の孤独を形づくっているようだった。」彼女は婦人雑誌の特派記者で、彼がフランスからイタリアへ旅行する計画を立てたとき、一緒にいくと言いだしたのは彼女のほうだった。ふたりはセーヌ河のほとりを散歩した。「アナタノ奥サンハドウイウ人ナノ?」と不意に彼女がきいた。「オトナシイ人形ノヨウナ女ダ」と言ってから、さまざまな質問をうけ、「ソレデモ奥サンヲ愛シテイルノ?」との疑問に、「愛シテイル、多分」とこたえた。「もし出来るなら、僕はいつまでもヨーロッパにいて独りで暮したいよ、と彼は言いたかった。」

九のパネルで新しい病院にいくと、彼はもう起きあがって食事をしたり尿器を使う元気がなくなっていた。ただ私に「僕も入院したことはあるんだよ。ちょっとだが」と言って、ナポリで胃痙攣か何かで入院させられたことを話した。あいかわらず見舞い客がおおいので、悠子さんに面会謝絶にするようすすめると、「でも主人が断っては悪いと言うものですから」と彼女は弁解した。水野医師から、検査の結果ひどく進行した癌であることがわかったが、患者にはあくまでも結核性のものだと思わせてあると知らされた。もう一週間で昏睡状態になると言われて、派出看護婦をやとうことを水野さんにはかって決めた。

ナポリの病院は、「どの窓にも赤と白との格子模様の日除が外に張り出していて、〔…〕まるで明るいホテルにでもいるような居心地だった」と十のパネルは描きだす。彼は最初の二日はうんうん唸っていたが、痛みはすぐおさまり、「ベッドの上で横向きになって、ノオトブックに鉛筆で五線を引き、そこに思いつくままに楽想をしるして行った。音楽の波がイタリア語のお喋りに乗って、次から次へ彼の頭の中を流れた。豊かな充ち足りた気持がしていた」。そして三時の面会時間にはかならずマチルダがあらわれる。

「果して動機がなかっただろうか、と後になって彼は考えた。動機は「ある」のではなく「つくる」のだ。己はヨーロッパの文明にとことんまで心酔することは出来なかったし、それを徹底的に解明しようという情熱も持ち合せていなかった。己は旅人としてヨーロッパに渡り、どこかしら京都に似た西ドイツの大学町で学問の底知れなさに怖気づき、もう遅すぎると観念してしまったのだ。己は四十を過ぎ、何ごとにつけてももう遅すぎると思っていた。しかし愛は、愛することは、早すぎも遅すぎもせずに、ちょうどその時に人を訪れるものではないだろうか。今ニナッテ考エレバ、ソノ時動機ハ確カニアッタ。タダ己ハ、まちるだヲ愛シナガラ、己ガ尚モ悠子ヲ愛シツヅケテイルコトヲ信ジテ疑ワナカッタノダ。」「ワタシキット日本へ行ク。アナタノ奥サンニ会ッテミタイ」と彼女は綺麗なドイツ語で言った。

「私が上條と会ったその晩のことを今でもよく覚えているのには、それ相応の理由がないわけではない。そして恐らく彼も、決してその晩のことを忘れてはいなかっただろう。私が覚えている理由はごく簡単で、その晩の音楽会に、私の妻は彼女の友達の結婚式があるとかで私と行を共にすることが出来なかった。そして私は帰る途中で発作を起し、ひとりきりでだいぶ苦しんだ。一方彼の方の理由は、――つまりその日が夏子さんの亡くなった前の晩に当っていたということだ。〔…〕私たちは明日何が起るか、いな次の瞬間に何が起るかを、常にまったく知らないで暮しているし、その晩も、快活に、そして活発に、議論を交していたのだ。夏子さんが既に昏々と眠っていたことも知らずに。」このようにして十一のパネルははじまる。

音楽会に興奮した「私たち」は合オーヴァでは寒さが身に沁みるようになっていたが、上條らと銀座のバーに入った。すぐ音楽会をめぐる議論がはじまった。「私」はウイスキーを生であおっている上條を見て驚いた。話がいつか小説にむかい、「絵や音楽には本質的に人を慰めるという要素がある」が、「小説ではなかなかそうはいかん」と「私」が言いだし、「僕は現象の中の眼に見えない部分を書きたいと思うよ、音楽のようにね。それが成功すれば、人の魂を慰めることも出来るだろう。眼に見えないものは誰の心の底にも深く沈んでいるのだ。もしも小説家がそれを取り出すことが出来れば、そこにはあらゆる人間に共通した真実がある筈だ」と主張した。すると上條が西ドイツでその演奏に感激したマーラーの『大地の歌』について話しだした。「第一楽章は『大地の悲哀を歌う酒の歌』だ。大地と普通は訳すけど、あれはつまり現世ということだ。現世に於て、酒に酔い一時の夢を貪り、生きることをエンジョイしても、告別への予感はいつでも低音で響いている。第四楽章や第五楽章は比較的明るくて、現世の愉しさを歌っているが、たちまちあの長い第六楽章の『告別』が、ピアニッシモの弦の上にオーボエで主題をひびかせるのだ。僕がその時感動したのは、〔…〕つまり人生の本質というものが、アルトの独唱に乗って、僕自身の魂の旋律となって心の中でひびきはじめたからだろうな。『私は故郷を求めてさ迷う。』たしかにそうだ。ただ僕たちはこの世に於て、何処にその故郷があるのか知らないんだよ。」

十二のパネルは、彼が温泉宿で仕事に一段落つけ、散歩に出ようとしていたところへ、「お嬢さまがお見えです」という女中の声とともに「パパ、こんにちは」と夏子があらわれたところから映しだされる。急に旅がしたくなって糸魚川に二晩泊まったらお金が心細くなったのと言ってから、「でもとてもよかった。海が荒れていて何だか泣きたいようだった。パパにこの気持わかる？」ときいた。風呂にいかせたあと、マチルダとした旅行のことなど思い出した。翌朝、夏子をつれて散歩に出た。「あたしは近頃根気がないの。退屈なのよ」と夏子。「何か特別の原因でもあるのかい？」と訊ねると、「そんなものないわ」。「彼には分っていた。夏子が父親に対してよそよそしくなったのは、そして日常の生活に対して興味を失ったように見え出したのは、例の事件があってからのことだ。」いまはふたりきりで話し合う絶好の機会であるかもしれなかった。「シカシソレハモウ済ンダコトダッタ。モウ終ッテイタ。イマサラ蒸シ返シタトコロデドウニモナルモノジャナイ、ト己ハ考エタ。」こうして機会を逃した。「悠子トハモウ話シ合ウコトガ出来ナイトシテモ、夏子ハマダ若クテ、素直デ、父親ッ子デ、己ガ打明ケレバまちるだトノコトモ公平ニ判断シテクレタダロウ。まちるだノ愛ヲ引キトメルコトガ出来ナイト分ッテイテモ、夏子ノ父親ヘノ愛ダケハ引キトメルコトガ出来タダロウ。ソシテソノ愛コソ、ソノ時モットモ大事ナモノダッタノニ。」

「パパ、生きていることはいいことだ、価値のあることだと、はっきり考えたことがあって？」

と夏子がきいた。「人生そのものに価値がある。ということは生きることはその人の責任で、どう生きるかはその人の意志が選び取った結果なのだからね。」すぐ夏子が反論した。「しかしねパパ、意志を持つ前にもう選び取られているってこともあるのじゃないかしら。〔…〕ちっとも意志なんかないのに悪い運命を押しつけられた例が?」薄の原に立って上條は、復員して疎開先だったこの近くの村に帰ってきて、「空気が噎《む》せかえるようで、すがすがしい土と草の匂がしていた。その時パパはしみじみと有難いと思ったよ。生きて帰れてよかった、人生は生きるに値する、どうして今までそれに気がつかなかったんだろうってね」。「嬉しかったでしょうね?」と夏子が応じた。ふたりがもとの道にもどる途中、夏子は彼に訊ねた。「その頃はパパもママも、今のようじゃなかったんでしょうね?」

十三のパネルは、「その晩、私が帰ると言った時に、彼もまた立ち上って、僕も帰ろう、と言った」と書き出される。まだつきあったらとすすめたが、「いや帰る。帰って一仕事しなきゃならない」と彼は言い張った。「私」は病後静養中の体だから外へ出た。霧のような雨が降っていたので、車で帰るから新宿まで一緒に乗っていかないかと誘うと、「僕は自動車に乗ると気持が悪くなるんだ」といって、彼は一緒に地下鉄の乗り場のほうへ歩きだした。「一体その晩のいつ頃から私の気分が悪くなったのか、私は正確に思い出すことが出来ない。」気分が悪いと自覚するや、車に乗ることさえこわくなった。こうしてふたりは地下鉄に乗ったが、嘔気がくりかえし食道をかけのぼった。「どうした、大丈夫か」ときかれて、「僕は今度降りる。あとは車で帰る」と言い、ついてきた彼の手をふりきって駅のそとの跨線橋に出た。四谷見附だった。雨は本格的に降りだした。そして跨線橋の石の手摺りにもたれて、「私」は嘔吐感と闘っていた。

十四のパネルは、上條家の客間である。悠子とおばあさんがマチルダの正面に腰をおろしていた。夏子までお茶の道具をはこんできたあと、そのまま椅子にかけた。マチルダは彼の帰国より一足早く日本へきて、彼の紹介状をもって留守宅へあらわれ、夏子とはすぐ親しくなり、彼が帰朝したときには、もう家族の一員のように遇されていた。

「パパ、お話があります」と沈黙を破ったのは夏子だった。「パパはマチルダさんをどう思っていらっしゃるの?」「お友達さ」とこたえると、「いいえ違います。マチルダさんはパパが好きだし、パパはこの人が好きなのよ」と夏子。「オ嬢サンハ何ヲ怒ッテイルノ?」とマチルダが彼に訊ねると、「日本語でおっしゃい。〔…〕都合のいい時ばっかり分らない振りをして、何もパパとひそひそ話をすることはないじゃないの」と夏子がきびしく口を挟んだ。そしてつづけた。「あたしたち一生懸命にお留守番をしてパパの帰るのを待っていたけど、まさかパパがこんなひどいことをするなんて、夢にも思っていなかったわ。パパが、ママやあたしたちを嫌いになって、どうしてもマチルダさんの方がいいと言うのなら、そういうふうにして頂戴。」「私はお前たちが好きなんだよ、夏子」と彼がこたえると、「パパは卑怯じゃないの？　パパはママやあたしたちを片っ方でごまかし、もう片っ方でマチルダさんをごまかしているのよ。どっちにもいい顔をしようとしているのよ」。彼はやさしく夏子に呼びかけた。「どうしてお前はマチルダさんと私とのことを、そんなふうにきめてしまっているのだい？　パパの言うことも聞かないでおかしいじゃないか。」打撃が反射的にかえってきた。「マチルダさんが言ったからよ。マチルダさんがパパを好きだ、パパだってわたしを愛してますって言ったのよ。」「君ハソンナコトヲ言ッタノカ」と彼はマチルダにきいた。「エエ、言ッタワ。ダッテ本当デショウ？」「ナゼソンナコトヲ言ッタノダ。ソンナコトヲ言エバ僕ノ家庭ヲ破壊スルダケジャナイカ。」

マチルダは昂然と顔を起こし、早口にまくしたてた。——「結局ハ分ルコトジャナイノ。アナタノ奥サンハ疑ッタ。彼女ハワタシニ嫉妬シタ。ワタシハ此所ヘ来テアナタノ家族ヲ自分ノ眼デ見テ判断シタ。二人ノオ嬢サンハ無邪気デ可愛イ。シカシアナタノ奥サンハソウジャナイ。嫉妬シタノハアナタヲ愛シテイルカラデハナイ。彼女ハ自分ノコトシカ考エズ、或イハ彼女ト彼女ノ母親ト子供タチトノコトシカ考エズ、アナタノ身分トアナタノ収入トアナタノ保護トヲ求メテイルダケ。シカシワタシハアナタヲ愛シテイルシ、ソレヲ彼女ニ分ラセタ方ガ結局ハ親切ダロウト思ッタ。イツマデモ嘘ヲ吐イテハイラレナイ。ワタシタチハ運命ヲ選バナケレバナラナイ。」「どうなの、パパ？　どうするつもりなの、パパ？」彼はたじろいだ。「どうなの、パパ？」とふたたび夏子はきき、それと同時に声をあげて泣きだした。彼の感じていたものは無力感、「断崖の上から深淵を覗き込みながら、身体が竦んでしまって前に出ることも後ろに下ることも出来ないでいる無力感だった」。「アナタモ言イナサイ。ワタシノ方ヲ愛シテイルト言イナサイ。アナタガ奥サンヲチットモ愛シテイナイコトハワタシニハ分ッテイマス。アナタダッテソノコトハヨク知ッテイル筈デショウ？」夏子はしゃくりあげて泣いた。悠子は微動だにせず、一言も発しなかった。

「シカシソノ時、己ハ死ヲ、生ノ中ノ死ヲ、魂ノ中ノ死ヲ、選バナカッタト果シテ言エルダロウカ。己ハまちるだヲ愛シテイタ。シカシ己ハまちるだヲ選ブコトハ出来ナカッタ。ソノ時己ガ感ジテイタモノハ、己ノ心ノ中デ暗ク響イテイタ音楽ハ、一体何ダッタロウ。

「分ったよ、夏子。私が悪かった。私はお前の言う通りにしよう、」と彼は言った。」

事態が切迫してきたので、「私」はその日の四時ごろ、病院の地下の喫茶室に加納と安井と妻の四人を集めた。加納が、奥さんはちょくちょく家へ帰っていると言い、「私」は亭主の病気のことがいっこうによくわからないから、いっそ病名を告げたらと提案したが、みんなに反対された。おばあさんが悠子さんをしょっちゅう呼びつけるらしいし、安井は昨日電話で夏子の一周忌のことを相談されたと言う。それも去年の葬式に上條の意向で無宗教葬だったのが不満で、こんどは上條が出られないからお寺さんで仏式でやるらしいと聞いて、かえす言葉もなかった。後輩筋の大学の若い教師がふたりきたので、若手の連中で交替で病院にきてもらうことにした。上條の会いたい人にもそれとなく知らせることも決めた。帰りに悠子さんに事態の深刻さを説明したが、かくべつ深刻な様子も見せなかった。以上が十五のパネルである。

「彼がふと気がついたのは（しかしもう十日ちかくも経ってから）、夏子がピアノの稽古をしていないことだった」と十六のパネルは語りだす。風邪気味で二、三日寝たり起きたりしていてそのことを知った。「彼は留守中に、夏子がどの位上達したか、もうどんな曲が弾けるようになっているか、と想像してどんなにか愉しみにしていたのだ。」妻にきくと、「あの子が厭だって言うものですから、やめさせました」と言う。「留守中はお前がちゃんと監督して、レッスンに行かせる筈だったじゃないか」となじると、「でも厭だってものを何も無理に……」と抗弁するので、「何が無理だ？　夏子には才能があるんだよ」とつづけると、「そんなことはあなたから夏子におっしゃって下さい。わたしは知りません」と棘のある言葉が返ってきた。夏子を呼んできくと、「だってパパ、あたしには才能がないのよ。いくらお稽古したって駄目よ」と言うので、たしかな先生につけて筋もいいという話だったと反論すると、「パパがいくら意気込んだって、肝腎のあたしの腕前じゃとても一人前の演奏家になんかなれっこないわ」。そこで彼は何も演奏家にしようと思っているわけではない、「音楽というのは立派な教養だよ。いまお前が我慢してレッスンを続けておけば、お前のためになると思うからこんなことも言うのだ」と打ち明けた。「しかし正直なところ、もしお前が私の代りに私の願望を叶えてくれたならどんなにかいいだろう、と内心で彼は考えていた。ピアニストになりたかったのに、それは許されなかった。私は音楽を、芸術として自ら味わうよりも、学問として研究することの方を選んだ。私は芸術家たることに失敗した。しかしお前なら……。」「あたしは駄目よ。それにピアノなんて贅沢よ。お月謝だって高いんだし。」それだけ捨てぜりふのように言うと、夏子は自分の部屋へ逃げていった。

その晩彼はピアノの月謝のことを悠子に切りだした。「どうして夏子が、ピアノの稽古を贅沢だなんて考えたんだろう?」「だって贅沢ですもの」とすぐ返事がかえってきた。そして悠子はヒステリックに話しだした。「あなたは二年半もの長い間うちを留守になさったんですよ。〔…〕大学のお給料はたしかに頂いていました。最初の一年はまるまるで、二年目は八割ぐらいでしたか、三年目になると半分に減らされました。あなたは二年で帰国なさる筈だったのに、半年もそれをお延しになったんです。ほかからの収入はなくなってしまい、大学から頂くものだけではおばあさんと二人の娘との四人暮しではとても足りません。一体わたしたちがどうして暮していたとお思いになるんですの？」貯えもあったろうし、なんとかなっているると思っていたという彼のこたえに、「おばあさんからお金を借りて何とか凌いでいたんです。夏子にピアノを習わせるなんて、そんな贅沢の出来る身分なものですか」と悠子は怒りをあらわにした。「しかしおばあさんだって可愛い孫娘のためなら、ピアノを習わせる費用ぐらい出してくれてもよかりそうなものだが」と彼が言うと、「そんな、あなた」と悠子は絶句した。悠子の母親は未亡人になったとき多額の遺産をうけついでいた。外国にいるあいだ悠子から金に困っているというような手紙をもらわなかったので、おばあさんがなんとかしてくれていると想像していたが、「それはすべて彼の借方《かりかた》に記入されていたのだ」。「あなた」と悠子が鋭い声で言った。「あなたはわたしと結婚する時に、きっと幸福にする、責任を持つ、とおっしゃったでしょう。わたし忘れてはいません。〔…〕でもこれからはどうぞ責任を取って下さい。風邪気味だぐらいのことでぶらぶらしたりなんかなさらないで、どうかわたしたちが安心して暮せるようにお仕事をなさって下さいまし。どうかお願いしますわ。」

十七のパネルは、隅田川に沿った夕暮れの遊歩道で、新芽の出た柳が土堤のうえで流れのほうに身を屈めてならんでいた。「モウ此所デイイワ。此所デ別レマショウ」とマチルダが言った。ふたりは目立たないドイツ料理の店で夕食をし、これまでたびたびふたりきりできた隅田川のほとりに車を飛ばしてきたのだった。「この川はラインにもセーヌにも似ていず、いつもきたならしく濁ってはいたが、しかし二人は此所を歩く度にいつも一種の親密な情緒を感じていたのだ。」飛行場まで送るというのを、マチルダはあなたを知っている人もくるからと謝絶した。「マチルダは今夜彼と別れ、彼女自身の未来へと夜の空を飛行機で運ばれて行く。」

「ソレハ愛ダッタノダロウカ。シカシソノ時デモ（ソシテ今モ、恐ラク）己ノ愛シテイタノハまちるだノ方デハナカッタノダロウカ。ソウシタラソレハ単ナル義務感、責任感トイッタダケノモノダッタノカ。まちるだヨ、君ハソレニ気ガツイテ、私ヲモウ咎メヨウトシナカッタ。君ハ私ヲ許シタ。心ノ弱イ者トシテ私ヲ憐ンダ。シカシ人ハソノヨウニシテ愛スルトイウコトモアルノダ。別レルタメニ愛スルトイウヨウナコトモ。」

「君ニハ済マナカッタ」と言って彼はマチルダを抱いた。「ワタシモウ行カナケレバ」と言ってから、マチルダはハンドバッグを開いて数葉の紙片をとりだした。すっかり忘れていたが、彼がナポリで書いた楽譜だった。「コレヲ返スワ。モシモワタシタチガ一緒ニイルノナラ、何モ返スコトハナイ。デモコレハ素晴ラシイ、天才的ナ音楽的断片ダカラ、アナタハモットコノ仕事ヲ続ケナケレバイケナイ。アナタハモット勉強シテ、立派ナ音楽ヲツクラナケレバイケナイ。アナタハモット自信ヲモチ、ドウカイイ芸術ヲ生ミ出シテ下サイ。」彼がそれを受けとってぱらぱらとめくったとき、マチルダはもうとおりがかった空車をとめていた。「さよなら、あなた、さよなら」と彼女は日本語で言って、自動車に乗りこんだ。しかしそのわずかの間に、「彼は街路燈のかすかな光の中で、彼女の眼に浮び、そこからはらはらとこぼれ落ちた涙を見た」。

「別レルコトハ何デモナイ。シカシ別レタコトノ記憶ガ甦ルタビニ、別レノ持ツ意味ハ次第ニ大キクナリ、人ガ愛スルノハ遂ニハ別レルタメデアッタコトヲ理解スルノダ。シカシソレヲ知ッタ時ニハスベテガモウ遅スギルノダ。」

彼はそこにたたずんだまま、手にした紙片を細かくちぎり、それからゆっくりと川岸まで行って投げ捨てた。

「次に私が妻を連れて病院を訪れた時には、既に物々しい感じが漂っていた。」「面会謝絶、主治医」という紙の貼ってあるドアのまえで奥さんに様子だけきこうと思ったが、むりにすすめられて薄暗い病室に入った。枕のうえでこちらのほうへ首のむきをかえた上條に、「どうだい気分は?」ときくと、「ああ少し楽になった」という返事だった。いろんな人が見舞いにきてくれるので退屈しないともいってから、「これでいいんだ。みんなよくしてくれる」と洩らした。「そして日は一日一日と過ぎた」と十八パネルは擱筆される。

「足もとから鳥が飛び立つようにして、／「秋子、一緒に出掛けようや、」と彼が言い出すことがあった。」きまって秋子の学校へ出かけない日だった。そして自動車で都心へむかい、デパートの雑踏のなかを秋子について歩きまわった。映画を見たり食事をしたりして帰りにはお菓子などおみやげに帰ってきた。それ以外の時間、彼は書斎にこもっておそくまで仕事をした。しかしときどき書斎を抜けだし、だれも知らない場末の小さな飲み屋にいって、ひとりで酒を飲んでいた。そういうとき考えていたのは、いつもおなじ堂々めぐりだった。「あの選択は正しかったのだろうか。それでも尚夏子が死んだとすれば、あの選択の意味はどこにあったのか。」

「シカシ己ハアノ時まちるだヲ選ブコトハ出来ナカッタ。己ノ中ノ何カガ己ニソレヲ許サナカッタ。我々ハ自分ノ意志ニ反シテ、ドウニモナラズニ、人ヲ愛スルコトガアル。モシモ夏子ガ生キテイタラ、イツカ夏子ハソウイウコトヲ、愛ガ不可避的ナ宿命デアルコトヲ、理解シタダロウ。オ前ハ若クテ、パパノ中ニ男ノ醜サノミヲ見、私ヲ支エテイルモノノ、或イハ私ヲ滅シツツアルモノノ正体ヲ、見ルコトガ出来ナカッタ。私ノ選択ハ正シカッタノニ、オ前ハソレデモパパヲ許ソウトハシナカッタ。／――デモパパ、アタシハモウパパヲ咎メテハイナイワ。」

彼が蓄音器の流行歌の歌手の名をきいて飲み屋を出ていくところで十九のパネルはおわる。

「私は妻を連れて、或るデパートで催されていた西アフリカ土人の仮面の展覧会へと出掛けた。」会期の最終日で会場はひどく混みあっていたが、仕事に追われていたのに例の外出恐怖症がかさなって、上條の一周忌の会が夕方からあるその日にしか出かけられなかったのだ。「私はすぐさま興奮して、眼は次々に異様な相貌を示した仮面の群に吸いつけられ、現在の気分について顧るだけの余裕もなかった。」アフリカの土人たちは「単純に眼に見えるものをしか信じることが出来なかったから、眼に見えぬものを仮面として表現し、その仮面をかぶることによって、彼等以上のもの、大地や運命や霊の力に対抗しようとした。仮面は彼等にとって実用の具であると共に芸術だった。彼等の魂を慰めるものであるが故に芸術だった。」そんな感想を抱きながら、「私」は会場をめぐった。「疲れやしなかった?」と妻に訊かれて、「疲れたよ。しかし来てよかった」とこたえて空車に乗りこむところで、二十のパネルはおわる。

「日は既に数えられ、あとはもう時間の問題だと言えるようになってから、私はふとした風邪で倒れてしまった」と二十一のパネルは報告する。熱が下がっても身体がふらふらして見舞いにいくのはむずかしかった。加納が毎日のように電話をかけてきてくれた。上條は痛みどめの麻酔薬のせいでしょっちゅう眠っているらしかったが、醒めたときには意識はまだはっきりしていると加納が告げた。「彼の生命力は強靱で昏睡状態が幾日もつづいた。しかし奇蹟は遂に起らなかった。/電話が掛って来たのは朝の八時だった。」

「私たちが車を乗りつけた一周忌の会場には、既に二十人あまりの客が集っていた。三十分ばかりして会が始まった時には、約四十人の客が席に就いた。上条家からは奥さんと秋子さんとが出席していた。」こう二十二のパネルは書きだされる。

この会は、会費持ちでわれわれが上條家の遺族を招待するというかたちをとっていて、それというのもこの一年間に秋子さんのための育英資金の募集がおこなわれ、今日その目録を贈呈することになっていた。食事になりビールがまわると会場はにぎやかになった。「考えてみるとこの一年の間に色々なことがあった。私は上條が亡くなった数ヶ月後にまた胃を悪くして、二ヶ月ばかり入院生活を送った。私はその間に絶えず上條のことを思い出していたし、よくなってからも彼を想い起す契機はしばしばあった。しかしそれらはみな済んだことだ。」周囲では上條慎吾の人物に関して活発な意見が交わされている。上座のほうから、「悠子さんのやや甲高い声があたりの喧騒を縫って私のところまで聞えて来た」。「テレビを買いましたの。秋子が前から欲しいとせがんでいましたのに、上條はああいう性分でしょう、絶対にいけないの一点張りで。テレビを買ったので秋子もおばあさんもそれは悦んでいますわ。」

「私は次第に疲れ、それと共に此所へ来る前に見て来た仮面の展覧会の印象が、異様に鮮明に意識の閾《しきみ》に浮び上るのを覚えた。不可解な表情をした仮面、おびやかす仮面、あざ笑う仮面、怒号する仮面、じっと見詰めている仮面、鳥や獣に変貌した仮面、すすり泣く仮面、無関心な仮面、……」
「そして私の発作は（と私は閃きのように考えた）、私が仮面をはずして素顔になった時に、私を襲って来る。その時私は、混濁した生のあらわな凝視を一身に浴びる。〔…〕私は恐ろしいのだ、途方もなく恐ろしいのだ。その時私は肉眼で、生の実態を眺めるからだ。その時私の飼っていた獣たち、――無意識の群が、これが生だ、これが生の正体だ、と叫びながら、一斉に私の意識の表面へと浮び上って来るからだ。／そして生を恐れた人たちの或る者は、死を迎えるはるか以前に、彼等自身の生を既に見失ってしまっていたのだ。――上條慎吾のように。」

「彼は見ていた。オペラ劇場の固い座席の上に身を乗り出して、遠くのステージの上で黒いドレスを纏ったほっそりとした女性が歌い始めるのを。オーボエが啜り泣くような低い旋律を奏で、独唱者の顔は此所からではっきりと分らなかったが、しなやかなアルトの声は彼の魂の中へと注ぎ込まれるように流れて来た。」この情景によって最後の二十三のパネルがはじまる。

しかしこのパネルの文は、これまでの二種類のそれ、「私」の意識に浮かぶものをそのまま書きとったものでも、上條慎吾が回想した過去のなかで彼が考えたことを記したものでもない。マーラーの『大地の歌』の第六楽章『告別』の部分の歌詞そのものが引用されていくことによって、歌詞が読者に『告別』の演奏を思いおこさせ、その旋律に乗って、ここではいまは亡き上條慎吾が、あらためて過去を思い出して語り問い、それがこれまで二十二のパネルの描きだしてきた上條の生涯と渾然とひとつに混じりあって、ひとつの魂の音楽を紙面のうえに紡ぎだしていくのである。

ここで、「私」が上條に十一のパネルにおいて「僕は現象の中の眼に見えない部分を書きたいと思うよ、音楽のようにね。それが成功すれば、人の魂を慰めることも出来るだろう。眼に見えないものは誰の心の底にも深く沈んでいるのだ」と音楽に近い小説の可能性について語っていたことを思い出そう。この複雑な小説手法をこころみた実験小説のめざすところは、まさに小説を音楽と合体せしめることによって、たんなる小説の文だけでは実現できないものまで浮かびあがらせることだったにちがいない。すでに読者は『告別』の最初から、マーラーの『告別』で繰りかえされる「生は暗く、死もまた暗い」の詩句がなんどもあらわれ、いわばマーラーの詩句と上條の独白とから織りなされるこの二十三のパネルには、生死のあいだを縫って小さかった夏子も、ピアノを贅沢だといった夏子も、悠々と流れていくライン河も、マチルダの金髪も、必死にパパの弁護をする夏子も、その姿をあらわしては流れさっていく。そしてそれはマーラーの『告別』の曲想を借り、日本語の美しい散文をつくりだしていくのにほかならない。すこし長くなるが、福永武彦の音楽と小説との綜合というひとつの夢を実現した記念碑として、文末の部分を引用しておこう。

――パパ、眠リナサイ。

オ前ハ眠リタカッタノカ、夏子？

彼は聴いていた。オーボエが先導し、絃楽器が一斉に主旋律を奏でる中で、静かに、つつましく、歌いつづけるアルトの声を。

「私は何処へ行こう、私は山の中へさ迷い行く。

「私の孤独な心のために休息を尋ねて。

「私は故郷を求めてさ迷う、私の住むべき場所を。

「私は遠くまで行くことはないだろう。

「私の心は静かで、私はその時を待っている……。」

私ハソノ時ヲ待ッテイル。

彼は聴いていた。老人が彼に語り掛けるのを。

「この一日は有難いものじゃ。あんたはお若いから分るまいが、いつかはじたばたしても始まらんことがお分りだろう。世捨人というが、わしは世を捨てたわけではない。ただこうして暮していている方が気楽なんじゃ。毎日が有難いんじゃよ。」

モウ遅スギル。

——パパ、早クイラッシャイ。夏子ガ此所デ待ッテイルノヨ。

彼はもう見ていなかった。彼はただ聴いていた。その曲を閉じる最後の部分を。静かに、消え入るようなアルトの叫びを。

「また新しい春になれば、愛する大地は眼路のかぎり、花を咲かせ緑を茂らせよう。

「眼路のかぎり、永遠に、遠い果ては青く光って。

「永遠に……、永遠に……。

「永遠に……。」

早クイラッシャイ、パパ。

サヨナラ、君タチ。

永遠ニ……。

ここにはもう時間も空間もない。音楽と小説の文章とが故郷を見失ったひとりの東洋の知識人の死を心から悼み、その魂を鎮めているのだ。

この時間と空間をこえた一章で、小説『告別』はおわる。

それにしてもこのきわめて独自な手法を駆使した小説をもう一度振りかえってみよう。

冒頭ふたつの、ほぼ一年をおいたふたつの告別式は、上條慎吾の死についてまず読者に疑問を抱かさずにはおくまい。にもかかわらず「私」は、その告別式の数ヵ月まえ、上條の入院を聞いて驚き、旧友安井と加納と相談して、転院などこまごました世話をした。それよりさらに一年以上まえには、上條には想像もしなかった長女夏子の自殺という事件が突発していたのだ。たぶん入院という事態が、上條にはかつて二年半近く滞在したヨーロッパの日々を思い出させたのだろう。ヨーロッパで知りあったマチルダの存在は、ドイツ語に造詣深く音楽をも専攻する近代日本の知識人上條に、何よりも日本での堅苦しい生活からの解放感、そしてそれまで味わったことのない生きるよろこびをもたらしたのである。ひそかに彼はもう日本に帰らないことまで考えた。と同時に彼のうちに、もう四十すぎたとはいえまだ何ごとも遅いことはないという自信のようなものを取りもどさせたのである。

夏子が作中にひとりの存在としてはじめて姿を見せるのは、上條が仕事のため滞在していた信州の温泉宿においてであった。現実の時間の経過からみれば、このときすでに上條は、マチルダも参加した上條家の家族会議の席で、一言もいわぬ母親にかわって夏子が上條を糾明し、「分ったよ、夏子。私が悪かった。私はお前の言う通りにしよう」と言ったあとのことだった。しかし結局上條は気づこうとしなかったが、家族会議で母親の代理をさせられたことによりだれよりも強く心に深い傷を負った夏子は、なんとか父と語りあいたいと思い、むなしい努力をかさねたあげく、正義派ぶって自分のはたした行動が自分を愛してくれている父親にたいするぬきさしならぬ裏切りだったことを自覚するにいたったのである。夏子は自死に追いつめられたのだった。そうしてマチルダが去り、夏子を失った上條にとっては、もはやなすべきことはみずからの優柔不断の結末を引きうけることしかなかったのだ。

それにしてもこのパネルを移動させる構成法によって、上條慎吾の複雑な内面の葛藤と、それをとりまく家族の仮面の世界との断絶はいちだんと納得のいくかたちで表示されていると言うことができるであろう。しかもここにははっきりと、一九五〇年代の日本の古い家族社会における西洋派知識人の生の問題がしっかりと描かれていると言わなければならない。

5

中村眞一郎は『戦後文学の回想』にこう書いている。

「『方舟』の仲間は、今や四散している。

森有正はフランスに「移住」し、白井健三郎は殆ど沈黙し、矢内原伊作は京都に去り、窪田啓作はヨーロッパに「駐在」し、加藤周一はカナダの教壇に立っている。東京で仕事を続けているのは、福永と私だけである。

これらの仲間は、或る時、再び席を同じくする機会を持てるかも知れない。しかし、その席には、『方舟』の舵手だった原田義人の姿は見られない。原田義人の死は私には、加藤道夫の死以来の痛手だった。しかも、原田の場合、殆ど彼自身を実現する前に、死が襲ったと思われるだけに、その恨みはなおさら深い。」

原田の死後、加藤周一は、『続 羊の歌』の一章を原田義人をしのぶ文字で埋める。中村眞一郎は一九七〇年の長篇小説『死の遍歴』の第五章「死の和解」で、「生来の律儀者」の彼の「死を自ら招いた」生活を描きだす。そして『告別』にはむろん原田の名は出てこないし、そもそも一九六〇年八月一日に亡くなった彼の告別式が師走の凍てつくような日に移されているとはいえ、『告別』が原田義人への深い友情から書かれていることは、『告別』を読むものはだれしも納得させられるであろう。

ある意味で原田義人の死は、戦前から戦後にかけてさまざまな野心のもとに活動を開始した一群の青年たちのその活動の終焉を告げるものだったとみることもできるだろう。わたしがこの章をあえて戦前の新演劇研究会を示唆する中村眞一郎の『恋の泉』ではじめ、加藤道夫の『なよたけ抄』にふれ、『戦後文学の回想』の再読でつなげてみたのも、これまでの戦後文学史の裏側に追いやられていた、そういう一世代の雰囲気をともかく再現しようという願いに出たものにほかならない。

そしてそのなかにあって福永武彦は、『告別』を原田義人とは特定せず、戦前にピアニストを志しながら親の反対で挫折し、にもかかわらず戦時のあの時期をドイツ文学とドイツ音楽に耽溺する一方、新しい演劇運動の推進のために力をはたし、戦後他の人々に先んじて渡欧し、そこでまったく新しい開かれた世界の存在することを知った、にもかかわらず戦前からの日本社会の因習にしたがって帰国し、結局みずから望む生活を得られぬまま逆にその因習に屈服しようとする意志が娘の自殺を招き、その罪の意識から自死に近い晩年を迎えたひとりの日本の知識人の悲劇的肖像を、マーラーの『告別』の曲にのせて、文学と音楽をこえた美しい芸術作品として完成させたのであった。福永武彦にとってその死がどれほど衝撃的だったかは、独特の前衛小説として『告別』のもたらす成功によってじゅうぶん推しはかることができるであろう。

たしかに一九六二年の『告別』は、戦前から戦後にかけて西洋に心酔して生きた一世代の運命への鎮魂歌でもあったのだ。

解説　歴史の暗部とロマネスク

宇野邦一

1

昨年十二月、満八十二歳を間近にして病に倒れ逝去されたフランス文学者渡邊一民氏の最後の仕事となったのは福永武彦論であった。この本におさめられた遺稿の大部分が清書されており、ほぼ完成されていたものと考えられるが、そのあとに、たとえば別の章や、エピローグ的な終章が付け加えられる予定であったかは不明である。もしこれが福永武彦の文学を総体として論じる試みであったなら、『死の島』を頂点とする後期の長編小説に触れずに終わることはできなかったと思われる。目次案を記したいくつかのメモのなかには、まさに『死の島』についての一章も含まれていたのだ。

しかし、おそらく渡邊氏（以下敬称を略します）の主なもくろみは、冒頭に記されているとおり、戦後の少年時代、正確には一九四七年夏に読んだ同時代の作品の鮮烈な印象から始めて、戦後日本の小説が戦前戦中の桎梏をふりきりながら胎動し、けんめいに小説の現代を切り開こうとした、その試みの渦中にあった作家として福永武彦を再読することであった。福永武彦以外の作家についてそれほど多くの言及があるわけではないが、しかしこのようなモチーフに照らして遺稿を読むならば、『福永武彦とその時代』という題名が選ばれたことは適切と思う。そもそもこの題名は二〇一四年一月の「出版ニュース」で、「数年前から取り組んでいる『福永武彦とその時代』、今年中には完成させる予定でおります」と著者自身によって予告されていた。

一九四七年夏、十五歳の渡邊一民に忘れがたい印象を刻んだのは、中村真一郎の「妖婆」、野間宏の「華やかな色どり」、福永武彦の「塔」だった。三人の作家はすでに戦前にフランス文学を学び研鑽をつみ、戦後の時空に新たな日本語の小説の産声をあげたという点で共通している。それら三つの作品には「わたし自身の身近な現実が、まったく新しい、あえていえば、それまで西洋の現代小説の翻訳で知った独自の視点にたってさまざまなかたちで描きだされていた」のであり、それはまさに少年にとって暗い時代の重圧から解放された戦後を象徴する表現だったのだ。中村真一郎、福永武彦は加藤周一とともに雑誌「近代文学」に合流し、『1946・文学的考察』を共同執筆して彼らの文学のマニフェストとし、ほかにも戦前から続けていた定型詩の実験（「マチネ・ポエティク」）を続行し、戦前からプロレタリア文学をめぐる重苦しい葛藤を経験してきた上の世代からは、「西洋かぶれ」「軽井沢コムミュニスト」などと揶揄されるのだ。

それはじつは明治から少しずつ形を変えて、西洋を範として近代化に努めながら、個人主義や民主主義、国家主義や社会主義が渦巻くあいだで、つねに近代であり前近代であり、戦時には西洋近代の「頽廃」を批判し「超克」しようとするイデオロギーさえも形成しながら、すでに不可逆的な近代的資本制をつくりあげていたキマイラのような国という問題であり、おそらくこの事情はいまにいたるまでけっして解消していないのだ。

渡邊は、戦後日本の文学界に颯爽とあらわれた福永、中村、加藤たちの、西洋に軸足をおく普遍主義的マニフェストに感銘を受けたが、もちろん「わたし自身の身近な現実」がそれを通じて映し出されることに感動したのであり、たしかにそのときの若い作家たちの意欲的実験は、ひとりの文学少年の想像にも、感覚にも、知性にも、官能にさえも切実に訴えかけるようなものだった。

つねにフランス文学研究を機軸としながらもじつに多岐にわたった渡邊の批評的歴史的探求は、このように十代に出会った戦後文学の新しい声にいつも密着していたにちがいない。やがて「近代日本精神史」として、フランスと出会った日本人の足跡を描く書物（『フランスの誘惑』一九九五年）を著したことは、この福永武彦論の前ぶれになっていたようなのだ。この最後の本に渡邊が注入しようとしたのは、〈戦後〉に発する彼の生涯のモチーフであった。

福永の初期の長編『風土』『草の花』から『告別』にいたる本格的な小説の試みについて、渡邊はていねいにあらすじを追いながら、あたかも作品を模写し再現するような読解作業をおこなっている。また第三章「小説の冒険」では、サイエンスフィクションを書き、シュールレアリスム風の幻想的作品まで試みた福永の実験的創作について、やはり作品の展開をつぶさに紹介しながら読みといている。渡邊の批評的読解は、けっして福永という作者の無意識を背後から解剖したり、あるいは作者の意図から遠ざかって別の文脈のなかに作品を〈脱構築〉するような方法にはつかなかった。むしろ作者が作品によって実現しようとした意図を、時代の状況に照らしながら着実に読むというオーソドックスな批評を一貫して実践している。そこから浮かびあがってくる福永文学の特性は、もちろん渡邊が数々の批評的著作で持続してきた思考によって精緻に照らしだされている。

福永は、早くから日本文学の私小説的伝統を批判して、横光利一や堀辰雄たちが苦闘しながら追求してきた本格的フィクションを書こうとしていた。それはたしかに西洋文学が一九世紀から二十世紀にかけて果敢に展開してきた試みを模範にするもので、すでに『風土』ではいわゆる「意識の流れ」の手法をとりいれ、登場人物のそれぞれの意識を並列的に展開するという対位法的な構成を試みている。福永はやがてフォークナーの手法に影響され、ますます人物の意識に密着しながら、その意識の時空を断片的に配置するようにして、物語の連続性を寸断し、このような書き方を『死の島』にいたるまで洗練していった。「なぜならば彼は、一つの初めと一つの終りとを持った人生の連続体としての小説を構想したのではなく、多くのばらばらの断片の一つ一つの中に現実があり、それらの断片が重なり合って組み立てられたものが、別個の、架空の、綜合的な現実世界を表現する筈だと考えたからだ」（『死の島』）というような多視点の対位法的小説論を、福永は『死の島』でも主人公の思索のなかに挿入することになるのだ。

そして『告別』（一九六二年）にいたるまでの作品に渡邊が読みとっているのは、まさに「風土」というタイトルに示された〈思想的風土〉の問題でもあり、それは芸術・思想を介して西洋に接し、あるいは実際にフランスやドイツの生活を体験し、西洋の女性との恋愛に悩み、さまざまな形で、西洋対日本あるいはアジアという構図のなかで引き裂かれた精神の葛藤なのだ。

この葛藤は、日本でもある程度、ある形で、近代化を進めてきた個人の、自由や愛をめぐる葛藤に重なっていた。福永武彦の小説には、はじめからジードの『狭き門』の悲劇的愛が影を落とし、おそらくそれ以上に、福永の資質的次元で、愛は不可能であり、悲劇的でありながら、どこまでも追求され追及されなければならなかった。そして愛はけっしてたんに一個人の感情、欲望の次元にあるのではなく、個人か家族か、西洋か日本か、生か死かのような選択と重なって錯綜した次元をなしていた。

もうひとつ福永文学の大きな特性とは、絵画や音楽への深い関心を小説の主題に繰り込み、また方法の次元にも深くとりこんだという点である。『風土』では登場人物ふたりが異なる時期に奏でるベートーヴェンの『月光』が重要なモチーフになっている一方、主人公の画家がゴーギャンの絵を目の当たりにする場面も作品の核になっていた。『告別』の主人公は音楽批評家でもある大学教師であり、ドイツ滞在中にマーラーの『大地の歌』を聴き、またみずから作曲もした人物なのだ。『告別』は二十三枚の「パネル」から構成されている、と渡邊は述べている。「そのパネルのならべ方は、物語の時間、空間の順序にしたがうことなく、作者の隠された意図にのみしたがっている。この小説を読解しようとする読者は、みずからの想像力にしたがって、そのパネルをたがいにならべかえ、そうやってまず自分の作品理解の筋道を立てていかなければならない。しかもひとつのパネルがある日の出来事、あるいはひとつのエピソードを示すとはかぎらない。おなじ日の出来事やエピソードをあらわすべつのパネルが、まったく離れたところにおかれていることもしばしばあるのだ」(本書二一〇—二一一ページ)

やがて福永は『死の島』で、シベリウスの音楽を重要なモチーフにしながら、断片を反復的に配置するその方法を、まさに小説の手法としてもとりいれた。すでに意識的に実験を重ねてきた断片的、非連続的展開に「有機的統一」を与える音楽を、言語空間において実現しようとしたのだ。そしてこのような〈音楽〉は、福永のどのような実験的作品でも根底で響いていたにちがいない。『告別』という題は、マーラー『大地の歌』最終楽章のそれでもあった。渡邊は書いている。「この複雑な小説手法をこころみた実験小説のめざすところは、まさに小説を音楽と合体せしめることによって、たんなる小説の文だけでは実現できないものまで浮かびあがらせることだったにちがいない」（本書二三六ページ）。そして「ここにはっきりと、一九五〇年代の日本の古い家族社会における西洋派知識人の生の問題がしっかりと描かれていると言わなければならない」（同二四〇ページ）と結んでいる。『告別』には、福永と親しかったドイツ文学者の原田義人がモデルとして存在し、この小説は彼を追悼する鎮魂歌として書かれたということである。

渡邊一民がおそらくみずからの最期を予感しながら執筆を続けたこの福永論も、戦後の少年の日から彼の魂を震撼させた文学者たちの、それぞれの苦闘に対する鎮魂の歌であったかもしれない。戦前からもっとも先進的な西洋の表現に接しながら、戦時の出口のない青春時代をすごし、しかも生涯、病に悩み、死と対面しながら彼自身にとっての真の芸術的小説を長く模索し続け、ついには原爆の記憶とさえも対面しようとした福永という作家とその世代の声は渡邊の魂の深奥におよび、その結果渡邊は、たえず〈戦後〉の意味を問いながら、〈戦後〉という問いを手放すことなく思考し続けることになったのだ。そしてこの問いはいつも小説的なもの《ロマネスク》と一体だったからこそ、最後の着地点として選びとられたのは福永とその時代の小説の創造という主題であった。

2

以下に私はこの書物から少々迂回し、けっして網羅的にではないが、渡邊一民の壮大な思想的批評的探求のあとを振り返ってみたい。それによってこの最後の書物が書かれた意味を、渡邊の探求が描いた全円のなかに位置づけることができるとよい。

最初の本格的著作というべき『ドレーフュス事件』（一九七二年）は堂々たる大作だが、それはいくつかの点でまったくユニークな問題提起を含んだ複雑な書物であった。それは作家論ではなく、十九世紀末のフランスの世論を揺るがした事件とそれをめぐる論争に焦点をあてる研究であった。しかしけっして型どおりの歴史書ではなく、あるいは政治学的考察に的を絞ったものでもなかった。プルーストの『失われた時を求めて』のかなりのページが、ドレーフュス事件をめぐる社交界の議論や確執に対する精細な観察にあてられていた。その『失われた時を求めて』に到達する以前のプルーストの習作的作品『ジャン・サントゥイユ』にもドレーフュス事件は登場し、しかももっと生々しく描かれている。「ここでは現実は意識によって濾過されることもなく、すべて生々しく息づいているのにほかならぬ」。そのように切迫感をもって描かれたドレーフュス事件は、『失われた時を求めて』では、かなり異なる遠近法のなかに埋め込まれることになる。じつはこの事件をめぐる「内面の葛藤」こそ、プルースト文学の本質を形づくるものではなかったかと「大胆な仮説」を述べて、渡邊はプロローグを結んでいる。こうして渡邊は作家たちの意識や無意識の深みにまでおよんだ歴史的事件の波紋をみつめようとしたのだ。

『ドレーフュス事件』の本論は、ゾラの弾劾文書（「私は弾劾する」）をめぐる反響から始めて、事件をめぐる文書や論争をきめ細かく読解し、ドレーフュス支持派と反ドレーフュス派の対立のみならず、それぞれの派閥が社会主義やナショナリズムをめぐって分裂し、錯綜した政治地図をつくっていく過程を精細に浮かびあがらせている。そのあいだにひとりの「知識人」の言動がとりわけ異彩を放って渡邊の論の焦点になっていくのだ。それは若いドレーフュス主義者シャルル・ペギーで、彼はたんに一国の政争にとどまらない根本的な次元（「人類の問題」とペギーは記している）にドレーフュスをめぐる抗争を拡大して思考し運動したのだ。やがてペギーは、ドレーフュス派の政治家たちが、事件を政争の取引に利用したことに激しく反発するようになった。まさに政治（ポリティック）がドレーフュスを擁護してきた思想（ドレーフュス主義）にまっこうから対立していると主張し、ペギーは孤立を深めていくのだ。「共和主義のミスティック」とその思想を名づけたペギーは、やがてジャンヌ・ダルクについて書き、あるいは実証的歴史学を批判する『クリオ』のような異様な作品を書いて、二十世紀にあってまったく例外的な神秘主義《ミスティック》を展開することになる。

渡邊の『ドレーフュス事件』はフランスの政治史を扱いながら、左翼、右翼、社会主義、国家主義といった枠組みではけっしてとらえられないミクロな次元での抗争を描きだして、すでに図式的な政治の観念を脱構築し、またペギーのような例外的知識人のなかに抗争の隠れた焦点を見いだすことによって、周知の公式に還元しがたい政治的思考の形を見いだしている。渡邊は、大文字の政治や主義にはけっして還元されないミクロな政治を構成する論争や対話の渦を精密に描きだして、歴史と政治の暗部を照らしだす独自の方法をうちたてていたのだ。

このような展開のなかで渡邊は「知識人」という言葉に、ある微妙なニュアンスを与え始めた。それは一定の階級の代表ではなく、「階級による規定性を克服しうる「自由な精神」」としての知識人であり、「おのれの規定性について盲目でない知識人」である、と控えめに定義されている。つまりそれはペギーのように、いわゆる「政治的なもの」と対立してしまう知識人のことでもあるが、もちろん政治と本質的な、自由な関係をもとうとして対立するのだ。

毛沢東主義の波が世界におしよせ、知識人批判が世界の政治的モードになった時代に、それでも「知識人」という言葉に渡邊は控え目に肯定的な意味を見いだそうとしていた。渡邊にとって、知識人は特権的でなく、困難な自由にかかわり、状況の複雑さを思考して引き裂かれ、孤立し、その孤立さえも思考するような例外的存在なのだ。そしてその後も、彼はみずからの思い描く知識人の像を、さまざまな例をとりあげて描き続けたのである。たとえば彼は『ドレーフェス事件』の序曲であるかのようにして、両大戦間にスペイン戦争を体験し、あるいは第二次大戦中にナチズムに占領された時代のフランスの知識人・作家たちについて書いている（『神話への抵抗』一九六八年）。とりわけブラジアックやセリーヌのように対独協力者とみなされた作家の研究が印象的だ。それは彼らを擁護するためでも批判するためでもなく、ドレーフュス事件に揺れた時代の後のフランスに、反ユダヤ主義がどのように倒錯的な展開をとげ、作家たちの政治的パッションがどこに、どのような出口を見出していったかを見つめようとする稀有な観点で書かれた評論であった。

その後も『文化革命と知識人』（一九七二年）『近代日本の知識人』（一九七六年）のように「知識人」を焦点とする書物を著し、橋本一明とともに『シモーヌ・ヴェーユ著作集』（一九六七—一九六八年）の編纂にあたり、岸田國士、林達夫をめぐる著作を書いていったその軌跡からは、たしかに独自の視点から「知識人」を問題にし続けた渡邊の立場がくっきり浮かびあがってくる。焦点となったのは階級にも党派にも回収されなかった例外的な知識人であり、渡邊にとって知識人とは、あくまで例外者であり、ほとんどアウトサイダーに等しい知性なのだった。

渡邊のこの思想的探求は、必然のようにして、晩年にはフランスでも日本でもなく、日本に統治された時代に日本語で書いた朝鮮人作家たちに光をあてる『「他者」としての朝鮮 文学的考察』(二〇〇三年)に行き着いた。日本統治下にあって日本語で書くことは必然的に朝鮮の作家にとって、ある複雑性を引き受けることになったはずである。そして戦後は、その文学の多くは朝鮮からも日本からも周縁に置かれ忘却されることになった。

渡邊はここでも例外的知識人に光をあてることを続け、西洋でも日本でもない日本統治下の暗部のような空間で、どのような表現が試みられたか注視しようとしたのである。そしてこの試みは、さらに中国との戦争に目を向ける試みに連鎖していった。『武田泰淳と竹内好――近代日本にとっての中国』(二〇一〇年)で、渡邊はみずからも含め、西洋に憧れ、西洋を範として思考し創作した近代日本の多くの知識人や作家のあいだにあって、戦前から一貫して中国をみつめ続けたふたりの例外的知識人の苦闘のあとを追うことによって、彼の知識人論の大きな円環をやっと描ききることができたようなのだ。

特定の作家の翻訳や研究によって、またそれから発した批評的思想的活動によって、すぐれた足跡を残した外国文学者が数々、綺羅星のように輝いていた時代があった。それは戦前から、一九七〇年代くらいまで続いたと思う。もちろん渡邊一民もまた、その間にあって一時期には論壇の一翼をになう存在でもあった。しかしドレーフュス事件、そして人民戦線、スペイン戦争への着目の仕方も、最後期の朝鮮や中国へのまなざしも、そのなかにあってまったく独創的で、マイナーな知識人への一貫した繊細なまなざしも独特のものであった。渡邊の世代の文学者の間にあっても、こういう思想の円環を描いた人物は稀有にちがいなかった。

ミシェル・フーコー『言葉と物』の訳者であり、構造主義の紹介者でもあり、またベルナノス、クノー、サン＝テグジュペリの小説のすぐれた訳も残した。たしかに渡邊の関心は多岐にわたり、見方によっては何を専門とするのかわかりにくい研究家のように映りえたが、その思想的関心が一貫していたからこそ、彼はけっして一所にとどまらなかった。そのような道をたどり知識人という問題を彼独自の視点から問いながら、彼自身もその問いを生きる知識人として全うしようとした。

最後に付け加えておかねばならないのは、彼の現代小説への深い、一貫した関心である。大学を退官されてからも、ときどき歓談する機会をもったが、クロード・シモンやロブ＝グリエそしてクノーなどについてよく話題にされた。いまではすでに翻訳のあるフランス現代の、それもナチズムの時代を新たな視点から描いた若い小説家たちの大作、ジョナサン・リテル『慈しみの女神』、ローラン・ビネの『HHhH』もフランスで刊行された当時にさっそく読んでおられ、長々と熱中してその内容を語られた。小説とは何か、小説には何が可能か、という問いも、おそらく渡邊一民の一生の課題であり続けたのだ。小説とは、言論や論争や、あるいは思想に対して意識的言説の外部から問いを放ち、答えを模索するような言葉であり、だからこそ、ドレーフェス事件の隠れた中心がプルーストの小説という外部から照らしだされたということは、渡邊にとって決定的に重要だった。

そして最後の書物で、青春のときに感銘を受けた福永武彦の小説にふたたび向かったことも、すなわち戦争と戦後の時代を、苦闘しながらひたすら小説を探求しつつ、静かに生き抜いた福永という知識人の足跡をみなおすことでもあって、この本の遺稿がたとえ未完であったとしても、渡邊一民の仕事が描いた大きな円環の形は、いまはっきり私たちの前に像を結んでいる。その歴史の薄暗い部分とロマネスクへの一徹なこだわりの跡は、いま新たに読み返され、永く記憶にとどめられるべきだろう。

（うの・くにいち　フランス文学者）

編集付記

＊本書は二〇一三年十二月二十一日、敗血症で死去した著者の遺稿である。序章からⅢ章までは、二百字詰め原稿用紙に清書のうえ赤字で行アキや文字下げ、落とし仮名などの指定が入れられており（以下、清書稿）、章ごとに書名、章題および原稿枚数（四百字換算）が表書きされた書類封筒に収められていた。Ⅳ章は三節の途中（本書二〇七ページ）までが清書稿、後半はルーズリーフに横書きで綴られた原稿（第一稿）のコピーに最終行まで青いインクの万年筆で加筆・訂正をほどこした清書直前の第二稿である。

著者の日記によれば、原稿は二〇一三年六月下旬に書きはじめられた。七月七日、「「一九四七年夏」脱稿。四十七枚」。八月一日、「『風土』いちおう完成。六十三枚」。その後は続く章の構想の練り直し（八月十二日『草の花』と『冥府』を中心に「歌のわかれ」の章をつくること」、八月三十一日『恋の泉』と『告別』を組みあわせることを考えだした」）を経て十月十八日、「第Ⅱ章「歌のわかれ」九十二枚」。十一月十四日、「第Ⅲ章「小説の冒険」七十四枚、一応完成」。Ⅳ章第一稿は十一月三十日に書きあげられ、十二月五日にはコピーの「見なおし」（第二稿）を終え清書に入った。その後も「清書」の二文字はみられるが、日記そのものが十二月十一日の記述で終わっている。

＊『林達夫とその時代』刊行後の一九八九年からつけられ、記述がほぼ自著の構想に限られた文庫サイズの手帳をみると、二〇一三年四月二十四日、全体の構成は次のように組み立てられていた。Ｉ「一九四七年夏」（対象となる作品は清書稿と同様、中村眞一郎「妖婆」、野間宏「華やかな色どり」、福永武彦「塔」そして『１９４６・文学的考察』）、Ⅱ「『死の影の下に』と『風土』」、Ⅲ「戦後への出発」（「世代論」と位置づけられ、作品は福永『草の花』「深淵」、中村『恋の泉』の前段に安岡章太郎『悪い仲間』、吉行淳之介『原色の街』などがあげられている）、Ⅳ「友の死」（安岡『舌出し天使』、福永『告別』、中村『死の遍歴』）、Ｖは無題ながら「１　ヨーロッパ体験と歴史」「２　安岡『流離譚』」「３　福永『死の島』」の三項目。

それが執筆中の八月三十一日になって以下に変更された。Ｉ「一九四七年夏」、Ⅱ「『風土』」、Ⅲ「歌のわかれ——詩／『草の花』／「冥府」」、Ⅳ「『告別』　戦後の終り——中村『感情旅行』／『恋の泉』／『告別』」、Ｖ「小説の冒険——「河」「飛ぶ男」／『忘却の河』／『海市』」、Ⅵ「『死の島』」（以上、ふたつの案はいずれも序章をＩ章として本論に含めている）。安岡章太郎ほか同時代の作家が消え、「世代論」がごく周辺に縮小される。そのうえ中村眞一郎の比重もいくぶん抑えられたかたちである。

さらに十月二十二日、「第Ⅲ章、第Ⅳ章の編成替え」（日記）がおこなわれ、ふたつの章の骨組みが手帳に書き留められた。「小説の冒険」の章を『告別』の章の前にもっていき、中短篇小説に集約して「福永の小説手法への関心」、「短篇におけるこころみ」をよりクロースアップするプランである。予定されていた最終章にかんしては残念ながら何もふれられていない。このあと手帳は十一月十三日、序章からⅢ章までの各章原稿枚数と総枚数がメモ書きされて終わる。

＊書名については、執筆開始直前、六月二十三日の日記に「福永武彦と中村眞一郎（仮題）」とあり、

また前記の原稿を収めた書類封筒の表書きには「福永武彦論」と記されていた。しかし「出版ニュース」二〇一三年一月上中合併号の「今年の執筆予定」で「福永武彦を中心に、マチネ・グループの戦後文学のなかでの位置づけを、再検討する仕事をおこなう予定です」と抱負を語った著者は、一年後の同誌同欄においてこう表明していた。「数年まえから取り組んでいる『福永武彦とその時代』、今年中には完成させる予定でおります」（執筆は二〇一三年十一月末と推定される）。著者の意をもっとも汲むものとして、本書表題はそこからとっている。

＊

引用については、本書全般での統一事項として旧字は新字に換え、仮名遣い、踊り字は原文どおりとしている。福永武彦のテクストは『福永武彦全集』（全二十巻、新潮社、一九八六―一九八八年）からの引用を原則とし、全集未収録の「かにかくに」「慰霊歌」は『未刊行著作集19　福永武彦』（白地社、二〇〇二年）、座談会「中村眞一郎――その仕事と人間（下）」は初出誌によった。ただし序章のテクストは中村眞一郎、野間宏、加藤周一、荒正人ほかと同じく初出誌または単行本に準拠している。「塔」は初出「高原」第一輯（一九四六年八月）によるが、欧文へのルビ、および傍点を付した文字のゴチック体への変更は後年の表記を採用した。

著者略歴

（わたなべ・かずたみ）

1932年東京生まれ．東京大学文学部佛文学科卒．近現代フランス文学専攻．立教大学名誉教授．著書『神話への抵抗』（思潮社 1968）『ドレーフュス事件』（筑摩書房 1972）『近代日本の知識人』（筑摩書房 1976）『岸田國士論』（岩波書店 1982／亀井勝一郎賞）『ナショナリズムの両義性――若い友人への手紙』（人文書院 1984）『林達夫とその時代』（岩波書店 1988）『故郷論』（筑摩書房 1992）『フランスの誘惑――近代日本精神史試論』（岩波書店 1995）『〈他者〉としての朝鮮　文学的考察』（岩波書店 2003）『中島敦論』（みすず書房 2005）『武田泰淳と竹内好――近代日本にとっての中国』（みすず書房 2010）ほか．訳書サン＝テグジュペリ『人生に意味を』（みすず書房），ベルナノス『田舎司祭の日記』（春秋社），共訳フーコー『言葉と物』（新潮社）ほか多数．2013年12月死去．

渡邊一民

福永武彦とその時代

2014年 9 月15日　印刷
2014年 9 月25日　発行

発行所 株式会社 みすず書房
〒113-0033 東京都文京区本郷 5 丁目 32-21
電話 03-3814-0131(営業) 03-3815-9181(編集)
http://www.msz.co.jp

本文組版 キャップス
本文印刷・製本所 中央精版印刷
扉・表紙・カバー印刷所 リヒトプランニング

ISBN 978-4-622-07851-7
[ふくながたけひことそのじだい]